사람의 심해

이마음

화
중편들,
한국 공포
문학의 밤

사람의 심해

이마음

황금가지

차례

사람의 심해   7

아버지가 돌아가셨단 말을 들었을 때, 정유는 놀라지 않았다. 건강 악화로 가업에서 물러나신 게 2년 전이다. 어머니의 다급한 연락을 받은 정유는 그저 올 것이 왔다고 생각했다. 사인은 뇌출혈. 항상 핏대를 세우며 화내기 일쑤였으니 어찌 보면 당연한 죽음이란 생각마저 들었다. 그렇게 혈관을 부풀리며 성을 낸 결과, 피를 본 게다. 정유는 집을 나올 때 마지막으로 봤던 아버지의 모습이 떠올라 얼굴을 찌푸렸다. 그날도 아버지는 고래고래 소리치며 화를 냈다. 붉게 물든 아버지의 얼굴색을 보니 우습게도, 아버지의 가게에서 팔던 새우가 연상되었다. 새빨갛고, 수염이 길고, 등이 굽은 새우. 아버지는 불에 달군 적도 없는데 늘 그렇게 시붉은 얼굴을 하고 있었다. 정유의 가문은 시신을 결코 화장하지 않으니 앞으로도 아버지에게 불이 닿을 일은 없으리라.

정유는 고개를 기울여 창 너머로 시선을 던졌다. 어렴풋이 바다를 본 것 같은 순간 기차가 터널로 들어가는 바람에 시야가 어두워졌다. 집을 나오고 5년 만에 돌아가는 고향이다. 그는 5년이 흘렀으나 그 무엇도 변하지 않았을 것이란 확신이 있었다. 을씨년스럽고 쌀쌀한 해안 절벽. 해안 절벽 밑에 펼쳐진 널찍한 바다. 바다를 가로막는 투박하고 거무튀튀한 방파제. 방파제에 다가오는 행인을 노리듯 들이닥치는 파도. 파도가 철썩이는 곳에서 조금만 걸으면 나오는 생선 가게. 생선 가게와 맞닿아 지어진 목조 가옥. 그 모든 것이 그대로이리라. 차라리 뭐라도 변했더라면 진작 고향에 돌아왔을지도 모를 일이다.

정유가 지긋지긋한 고향을 떠올리는 사이 기차는 소매역에 도착했다. 너무 빨리 도착한 나머지, 누군가 실제 풍경이 기억과 얼마나 똑같은지 확인하라고 재촉하는 듯 느껴졌다. 영유남도의 끝자락에 있는 작은

항구 도시. 자신의 고향인 소매시의 땅을 밟은 정유는 주변을 훑어보았다. 아니나 다를까 바뀐 건 아무것도 없었다. 그는 소매역 광장 중앙의 분수를 응시했다. 원형의 분수 가운데 소라 모양의 동상이 우뚝 서 있고, 동상의 끝에서 물이 쏟아지고 있었다. 그는 구불구불한 소라의 몸체를 타고 흐르는 물을 보며 문득 생각했다. 이 분수의 테두리에 무언가를 놔두고 5년 뒤에 오더라도 그것은 그대로 이 자리에 놓여 있을 것 같다고. 이토록 변화 없는 공간을 누비고 있으면 이 도시를 벗어난 건 역시 잘한 일이라는 위안이 들곤 했다. 이 위안 역시 변하지 않으면 좋으련만.

"소정유!"

이름을 불린 정유가 고개를 돌렸다. 짐칸에 '소가 수산'이라는 글자가 큼직하게 적힌 탑차가 서 있었다. 남자는 탑차의 창문에서 손을 내밀어 흔들었다. 정유의 오빠 정민이다. 정유는 건성으로 손을 들어 알은체만 하고 걸음을 옮겼다. 탑차에 가까이 다가가자 소금과 비린내로 세차한 양 바다 냄새가 물씬 풍겼다. 정유는 버스 정류장으로 발길을 돌리고 싶었지만, 오빠의 성의를 받아들이기로 했다. 조수석에 타자 냄새가 더 지독하게 코를 옥죄었다.

정민은 같이 있는 게 부끄러울 정도로 후줄근한 차림이었다. 아버지가 가게 일에서 손을 떼자 가업인 생선 가게를 이어받은 사람이 정민이었다. 항상 물에 젖고 더러워지기 일쑤인 작업을 하다 보니 그는 자연스레 옷차림에 신경을 쓰지 않게 되었다. 당장 의류 수거함에 집어던지고 싶은 저런 옷을 대체 어디서 구해 오는 건지. 정민은 짧게 깎은 머리를 긁적이며 액셀을 밟았다. 일할 때 머리가 길면 거추장스럽다면서 늘 까까머리를 하는 바람에, 얼핏 보면 곧 입대하는 사람처럼 느껴졌다. 그는 뭐가 그렇게 즐거운지 연신 너털거리며 말을 걸었다.

"여기서 너 보니까 괜히 신기하네. 소매 온 게 몇 년 만이지?"

"5년."

"맞다, 맞아. 이제 가끔은 얼굴 좀 비춰라. 너 어차피 아버지 때문에 가출한 거잖아."

"굳이 아버지 때문이 아니더라도 난 나가서 살았을 거야."

"지금도 그 일을 마음에 두고 있어?"

정민의 말에 정유는 입을 다물었다. 계속 풍기는 비린내 때문인지, 단순한 멀미 때문인지 욕지기가 치밀던 와중이었다. 그는 오빠를 무시하고서 창밖으로 시선을 던졌다. 정민은 여동생이 그러거나 말거나 혼자 떠들어댔다.

"이제 그런 일이 벌어질 이유도 없잖아. 혼자 외지에서 생활하는 것도 힘들 텐데. 전에 어머니랑 통화했을 때도 회사 일 힘들다고 투정 부렸다면서? 차라리 나랑 같이 가게 일이나 하자. 백만장자까진 아니어도 우리 가족 여유롭게 먹고살 정도로는 충분히 벌어."

정민에게 기가 막힌 특기가 하나 있다면 속이 뒤집힐 만한 화제를 쏙쏙 골라내는 능력일 것이다. 회사를 떠올린 정유는 얼굴을 굳혔다. 재빨리 창문을 내리고 바람을 쐬지 않았더라면 토사물을 쏟아냈을지도 모를 일이다. 그는 속을 가라앉히고선 퉁명스럽게 말했다.

"투정 부린 적 없어. 그리고 그런 생선 가게 일 나는 절대 안 해."

"야, 한번 생각해 보라니까? 다른 가게들은 새벽부터 수산물 구해오느라 잠도 못 잔다는데 우리는 그럴 필요가 없잖아. 수산물은 무한히 공급되니까 그냥 정리만 잘하고 손님 오면 생선 몇 개만 팔고. 그러면 끝이라니까? 얼마나 편해. 모르는 건 내가 다 알려줄게."

"그래? 역시 30대라 그런지 가게 경영이 좀 수월한

가 보네?"

"올해 딱 서른 되었거든? 너 나랑 다섯 살 차이밖에 안 나면서 그러냐. 솔직히 아버지한테 모든 걸 전수받지 못해서 나도 지금 힘들긴 해. 그래서 너한테도 마음이 있나 물어보는 거고. 모르긴 몰라도 아는 사람 한 명 없는 외지에서 외롭게 회사 생활하는 것보다는, 가족이랑 같이 가업 잇는 게 더 낫지 않겠냐?"

"그딴 것도 가업이라고."

"말이 심하다, 너? 모르긴 몰라도 네가 그렇게 일해서 얼마나 벌 것 같아? 여자에, 초대졸에, 내세울 만한 스펙도 없지. 나도 이런 말 하긴 싫은데 네가 우리나라 취업 시장에서 얼마나 살아남을 수 있겠냐. 입에 풀칠할 정도로만 벌 바엔 그냥 여기서 나랑 가게나 하자. 너 우리 가게 저번 달 매출 들으면 깜짝 놀랄걸? 자그마치……."

"안 한다고 했잖아! 그만 좀 해."

참다못한 정유가 소리를 버럭 지르자 정민은 입술을 우물거렸다.

"하여튼 생각은 해보라고."

그는 한 마디 툭 내뱉고선 운전에 집중하기 시작했다. 정유는 여전히 오빠 쪽을 바라보지 않고 창 너머로 시선을 던졌다. 차가운 바람이 연신 머리카락을 헝클였다. 정유는 역시 오빠 차 말고 버스를 탈 걸 그랬다고 후회했다.

 오르막길을 달리는 내내 탑차는 덜컹거렸다. 본가로 향하는 도로는 고르게 뻗지 않고 군데군데 금이 가 있어서 지독한 진동은 필연이었다. 정유가 울렁거리는 속을 달래고자 혼자 애쓰는 사이 탑차는 천천히 고지대로 향했다. 정유는 자신의 꼴이 산 채로 운반되는 물고기 같다고 여겼다. 수조에 갇혀선 가쁜 숨을 내뱉으며 연신 흔들거리는 물고기 한 마리. 자신의 핏줄을 생각해 본다면 마냥 틀린 말도 아닐 터다. 문득 그는 물고기도 멀미를 느낄지 궁금해졌다. 상하를 뒤집을 정도로 요동치는 풍랑을 맞닥트리면 물고기도 어지럼증에 시달릴까? 그래서 속에 있는 걸 게워낼까?
 정유가 엉뚱한 궁금증을 품고 있을 무렵 탑차의 바퀴가 평평한 곳에 다다랐다. 정유는 눈에 익은 건물을 바라보았다. 가문 대대로 이어진 생선 가게 소가수산이 위풍당당하게 서 있었다. 생선 가게라고는 하지만 수산 시장에서 흔히 볼 수 있는 조그만 가게와는 차원이 달랐다. 당장 취급하는 수산물 종류만으로도 압도적이었다. 고등어, 꽁치, 도미, 갈치, 가자미, 연어, 장어, 광어, 병어, 잉어, 아귀, 볼락, 박대, 철갑상어, 문어, 오징어, 낙지, 쭈꾸미, 소라, 미더덕, 개불, 해삼, 조개, 다슬기, 대게, 새우, 랍스터, 미역, 다시마, 김, 파래, 매생이, 톳, 우뭇가사리……. 사실상 바다에서 나오는 것 중 팔 수 있는 모든 걸 판다고 봐도 무방했다. 소가수산에선 수조에 넣어서 기를 수 있는 대부분의 어종을 전시하듯 배치해두었다. 건물 중앙의 200평이 넘는 공간에 가득 들어찬 수조를 보고 있노라면, 생선가게에 온 건지 아쿠아리움에 온 건지 구분이 안 갈 지경이다. 실제로 소가수산은 금붕어, 구피, 베타, 테트라 등 관상어 역시 취급하고 있다. 수족관인 줄 알고 방문했다가 생선 가게가 본업이라는 이야기에 놀라는 손님도 종종 나타난다.

정민은 가게 옆에 딸린 차고에 탑차를 주차했다. 바닷물을 퍼 올리기 위해 펌프를 설치한 차량이 탑차 옆에 서 있었다. 정유는 차에서 내리자마자 가게를 등지고 걸어갔다. 저 징그러운 생선 가게에 도무지 시선을 주고 싶지 않았다. 쓸데없이 장사가 잘되어 꾸준히 증축되고 있는 것도, 생선 가게인 주제에 수족관을 겸하는 것도, 소씨 가문에서 운영한다고 하여 소가수산

(蘇家水産)이라고 적당히 지은 이름도 모두 마음에 안 들었다. 당연히 제일 혐오스러운 건 소가수산에서 판매하는 수산물의 출처였지만.

차고 밖으로 나오자 빈틈없이 정갈하게 쌓인 돌담이 나타났다. 약 3미터 높이의 돌담은 한눈에 담기 힘들 정도로 거대한 저택을 둘러싸고 있었다. 소씨 가문이 대대로 생활해온 목조 가옥은 문화재나 고급 펜션이라고 해도 믿을 만큼 고풍스럽고 으리으리했다. 어릴 적엔 의식하지 못했는데 5년 만에 다시 본 저택은 들어가는 게 주저될 만큼 부담스러운 모양새였다. 지붕을 떠받들고 있는 나무 기둥엔 하나하나 옻칠을 하여 멀리서 봐도 윤기가 흘렀다. 처마가 길게 내뻗은 지붕은 하늘마저 떠받칠 수 있을 법한 위압감을 뿜어내는 듯했다. 다만 저택에 다닥다닥한 문과 창문은 창호지를 바른 전통문이 아니라 현대식 문이었다. 전통을 중시한다고 과시할 거라면 제대로 할 것이지, 이 되다 만 모양새는 뭐란 말인가. 건축에 조예가 깊은 사람이 이 어설픈 저택을 보면 비웃음을 참지 못할 것이다.

저택 주변을 둘러싼 서양풍의 정원도 그리 조화롭진 못했다. 울타리의 대문에서 저택의 정문까지 잇는 길을 따라 석재 화분에 심은 묘목이 늘어서 있었다.

일정한 간격을 따라 정원 전체에 심은 나무는 공장에서 찍어낸 것처럼 똑같은 모양이다. 나무 사이사이에는 대리석으로 만든 동상이 하나씩 서 있었다. 무릎을 꿇고 앉아 있는 인간, 몸의 대부분을 차지할 만큼 거대한 집게발을 과시하는 농게, 웅덩이에서 빠져나오려는 천사 등 동상의 모습은 각양각색이다. 어디서 본 것을 어설프게 따라 하려는 듯싶은 정원 역시 정유에겐 부담스럽게만 다가왔다. 졸부가 으레 그렇듯 정유의 가문 역시 과시와 사치를 즐기곤 했다. 그는 엄격하게 관리된 나무 사이로 동상과 눈을 마주치곤 한숨을 쉬었다.

"여러분, 누가 왔는지 좀 보세요!"

정민이 정문을 열고 집 안으로 들어가며 소리쳤다. 저택은 동양풍으로 꾸며진 겉모습과 달리 멀끔한 서양풍의 내부를 갖고 있었다. 복도를 청소하던 여성이 고개를 들더니 환하게 웃었다.

"어머, 정유 왔니? 이게 얼마 만이야. 자주 좀 오지!"

정유의 사촌 언니였다. 대학 졸업 후 공무원에 도전한답시고 3년을 날려 먹고선 결국 소씨 가문의 허드레꾼으로 일하는 사람이었다. 비단 사촌 언니뿐만

이 아니었다. 소씨 가문은 대부분의 인물이 이 저택이나 소가수산을 관리하며 일하고 있다. 바깥의 정원은 정원사로서 둘째 고모가 책임지며, 이 집의 식사는 요리사로서 고모부와 이모가 담당한다. 사촌 언니 둘과 사촌 오빠 한 명, 막내 고모가 저택의 전반을 관리하는 허드레꾼이다. 소가수산에선 대표인 정민을 비롯해 삼촌 두 명과 사촌 동생 둘, 사촌 오빠 한 명이 일하고 있다. 이 거대한 가족 사업장을 벗어난 유일한 사람이 정유였다.

정유는 사촌 언니와 대강 인사를 나누고 정민을 따라 저택 안쪽으로 들어갔다. 길쭉한 복도에는 일정한 간격으로 높이 15센티미터가량의 원통이 놓여 있었다. 투척형 소화기에 착안하여 만든 저것은 깨지기 쉬운 병에 바닷물을 담아둔 것이었다. 이 저택 어디에서든 볼 수 있는 바닷물 병에 시선이 닿을 때마다 정유는 속이 쓰렸다. 복도를 절반 정도 가로질렀을 무렵 정민이 멈추었다. 그는 문을 가볍게 두드리곤 안에서 대답이 들려오자 문고리를 잡았다.

"어머니, 정유 데려왔어요."

"수고했다. 정유도 오느라 고생 많았어."

최영자는 곰살궂게 웃으며 딸을 반겼다. 머리카락

을 위로 빗어넘겨 이마가 훤히 드러났는데, 어찌나 번들거리는지 전등의 빛이 반사될 것만 같았다. 얼핏 보면 피부는 정유와 견줄 수 있을 만큼 결이 고왔으나, 가까이서 살펴보면 미처 가리지 못한 주름을 발견할 수 있을 터다.

"다크서클 좀 봐. 얼굴이 이게 뭐니. 회사가 좀처럼 힘든 게 아닌가 보구나. 밖에서 남의 돈 버는 게 쉬운 일이 아니라니까, 역시? 힘들면 언제든 정리하고 돌아오렴. 가게에 일손이 많아서 나쁠 일은 없으니까."

"그 얘긴 아까 오빠랑도 했어요. 누누이 말씀드리지만 전 그 가게에서 일할 생각 없고요."

정유가 단칼에 거절하자 영자는 못마땅한 표정을 지었다.

"너만 와준다면 나도 안심할 수 있을 텐데. 강요할 마음은 없지만 좀 더 생각해 보렴. 밥은 먹었니? 배고프면 식사라도 먼저 할까?"

"별로 배고프진 않아요. 그보다 아버지는 어디 있어요?"

"그래. 역시 그게 우선이겠지. 따라오렴. 정민이도 같이 갈 거니?"

"좋아요. 어차피 슬슬 가지러 갈 시간이었으니까."

영자의 권유에 정민은 고개를 끄덕였다. 영자는 남매를 데리고서 복도로 나섰다. 저택 중앙으로 향하는 내내 세 사람은 한마디도 꺼내지 않았다. 이내 영자의 걸음이 멈춘 것은 창문 없는 벽 앞이었다. 저택은 거대한 몸집에 걸맞게 구석구석까지 햇빛을 담을 수 있게끔 창문이 가득했는데, 이곳만은 예외였다. 영자는 주변에 아무것도 없는 벽을 더듬거리더니 움푹 들어가는 구간을 찾아 손으로 당겼다. 그러자 벽으로 위장한 미닫이문이 천천히 움직였다. 교묘한 세공 덕분에 문이 열릴 때까지는 문과 벽의 틈새를 육안으로 확인하긴 불가능했다. 미닫이문은 끝까지 열릴 동안 거의 소리를 내지 않았다.

문이 열리자 조명도 없이 껌껌한 공간으로 이어지는 계단이 하나 있었다. 저택의 지하실로 향하는 통로다. 정유는 계단을 밟을 때마다 속으로 숫자를 셌다. 언제부터 이런 버릇이 생긴 건진 모르겠지만 기억도 흐릿한 어린 시절부터 그랬던 건 분명하다. 정유가 열셋을 셌을 때 계단이 끝났다. 아래로 내려갈수록 탁한 공기가 목을 간질였다. 이곳은 허드레꾼에게 청소를 맡기지 않기에 먼지가 가득했다. 정유는 문득 벽 언저리에 묻은 핏자국을 발견하고 입술을 깨물었다. 정유의 기억이 정확하다면 이것은 할아버지의 피였다. 그 날 가족들이 내지르던 비명을 상기한 정유는 가슴에 손을 올렸다. 심장 박동이 거세지자 저절로 숨이 가빠진다. 영자는 부유하는 먼지 때문에 기침하느라 정유 쪽은 바라보지도 않았다.

"괜찮아?"

불쑥 정민이 묻자 정유는 가까스로 표정을 정리했다.

"신경 쓰지 마. 아무것도 아냐."

그가 무심하게 답하는 사이 영자는 손을 휘적이며 먼지를 쫓은 후 품에서 열쇠 꾸러미를 꺼냈다. 계단 끝에 있는 문에 열쇠를 꽂아 넣자 다시 계단이 나타났다. 하나, 둘, 셋. 재차 열세 계단을 내려가자 이번엔 키패드로 잠긴 문이 나타났다. 영자는 비밀번호를 입력하고 마지막 열세 계단으로 발을 뻗었다. 최후의 문은 영자의 지문을 인식한 후에야 잠금장치를 거두었다.

삼중 보안을 지나 지하실로 들어서자 가장 먼저 몰려온 것은 빛이었다. 어두컴컴한 계단을 지나다 불현듯 천장에 달린 수십 개의 LED등과 마주하자 안구가 따끔거렸다. 빛의 뒤를 이어 몰려오는 건 비린내였다. 갓 잡아 올린 생선이 얼굴 앞에서 파닥거리는 양 냄새가 강렬했다. 정유가 빛과 냄새 때문에 머뭇거리는 사이 영자와 정민은 익숙하다는 듯 성큼성큼 걸어갔다.

지하실은 지상의 거대한 저택을 통째로 가라앉힐 수 있을 만큼 널찍했다. 지하실 양쪽 끝에 사람이 각각 있을 때, 서로의 모습을 식별할 수 없을 만큼 넓은 공간이다. 지하실 입구 부근에 일정한 간격으로 배열된 것은 직육면체의 수조였다. 가로 2미터, 세로 1미터, 높이 1미터의 수조가 몇백 개나 마련되어 있었다. 수조마다 호스 두 줄이 연결되어 있고, 호스는 지하실 벽에 설치된 물탱크와 이어진 구조다. 모든 수조의 모서리엔 단추와 램프가 가득 달린 조작반이 설치되어 있었다. 정유는 두 사람을 따라 수조 사이를 걸어갔다. 그는 힐끔거리며 수조를 살폈다. 철이 들고 나서 이곳에 온 건 처음이었다.

정유가 한 수조를 지나가는 순간 안에서 무언가 펄떡거렸다. 3분의 2가량 채워진 물속에서 꿈틀거리는 것은 날치였다. 짧은 비행이라도 하고 싶었던지 지느러미를 퍼덕이던 날치는 물 밖으로 튀어 올랐다가 잠수했다. 무심코 날치를 따라 시선을 옮기던 정유는 숨을 들이켰다. 날치가 사라진 물속으로 사람의 손이 어른거리는 게 아닌가. 두꺼운 유리 너머로 사람이 누워 있었다. 비단 이 수조만이 아니다. 지하실에 있는 대부분의 수조에 사람들이 있었다. 누군가는 온몸에 주름을 한가득 품은 늙수그레한 노인이었고, 누군가는 다리가 하나 없는 앳된 소년이었다. 아무런 고통 없이 편안한 얼굴이라 단순히 잠을 자는 듯한 사람이 있는가 하면, 아예 머리가 없는 사람도 있었다.

정유가 죽은 이들에게 시선을 주지 않으려 애쓰는 사이 두 사람이 멈추었다. 영자는 수조 하나를 부드럽게 어루만지더니 정유를 바라보았다. 정유는 어머니의 곁에서 수조 안에 누워 있는 아버지를 응시했다. 아버지는 똑바로 누운 채 얕은 물에 반쯤 잠겨 있었다. 5년 만에 보는 아버지의 얼굴은 기억보다 훨씬 수척했다. 뺨이 움푹 들어가 광대뼈가 도드라졌고, 벗어지기 시작한 시허연 머리카락 일부가 물속에서 둥실거렸다. 워낙 마른 탓에 손등의 혈관이 볼록했는데, 가만히 놔두면 피부가 스스로 찢어져 혈관이 툭 튀어나오지 않을까 걱정스러울 지경이었다. 하지만 속에서 툭 튀어나온 건 다른 것이었다. 그가 입고 있는 수의의 윗도리가 살짝 젖혀져 있어 옆구리가 훤히 드러난 채였다. 옆구리는 칼 따위로 도려낸 건지 마름모꼴의 구멍이 뚫려 있었다. 그곳으로 시커먼 무언가가 슬그머니 고개를 내밀었다. 짙은 황토색의 미끈미끈한 피부. 길쭉한 몸엔 불규칙적으로 검은 점이 찍혀 있었고, 몸체 중앙에 둥근 등지느러미가 꼿꼿이 서 있었다. 아버지의 옆구리에서 밖으로 빠져나온 미꾸라지는 퍼덕거리다 물속으로 머리를 박았다. 이미 물속에 들어가 있던 다른 미꾸라지 대여섯 마리가 한꺼번에 몸을 뒤트는 바람에 물거품이 치솟았다. 아버지의 시체 옆에서 꿈틀거리는 미꾸라지를 보며 정유는 중얼거렸다.

"새우가 아니었네."

미꾸라지 하나가 아버지의 얼굴에 올라탔다. 새우처럼 길쭉한 아버지의 수염 한 움큼이 미꾸라지에 달라붙었다. 영자는 기운 좋게 펄떡이는 미꾸라지를 보며 미소를 지었다.

"안 그래도 우리 가문에 미꾸라지가 없었잖니. 맨날 거래처에서 받아오곤 했는데 이제 그럴 필요가 없어져서 다행이야."

"아버지도 파실 건가요?"

"미꾸라지를 파는 거지. 그이를 파는 게 아니라."

영자는 그리 대꾸하곤 아들에게 일렀다.

"정민아, 슬슬 조절해야겠구나."

"네."

정민은 지하실에 비치된 뜰채와 양동이를 챙겨오더니, 자기 몫의 열쇠를 꺼내 수조 끝에 달린 조작반에 집어넣었다. 잠금장치를 푼 정민은 수조 뚜껑을 열었다. 그는 솜씨 좋게 뜰채로 미꾸라지를 낚아채 양동이에 차례로 집어넣었다. 유독 한 마리만큼은 워낙 미끄러운 탓인지 뜰채를 피하며 요리조리 잘도 피해 다녔다. 정민이 시간을 지체하는 사이 아버지의 옆구리에서 미꾸라지 한 마리가 재차 튀어나왔다. 정민은 뜰채를 내려놓고 장갑을 낀 손으로 직접 미꾸라지를 잡아 수조를 비웠다. 양동이는 미리 물을 담아두었는데 미꾸라지 여럿이 요동치니 물방울이 양동이 바깥까지 튀었다. 기운이 펄펄 넘치는 미꾸라지를 보며 정유는 생각했다. 어쩌면 저 미꾸라지들이 아버지 몸속에서 생기를 다 먹어 치워서 저렇게 활기찬 건 아닐까?

정민은 뜰채를 내려놓고 조작반의 단추를 눌렀다. 수조를 채우고 있던 민물이 빠지며 연결된 호스가 진동했다. 민물을 다 뺀 정민이 조작반을 재차 건드리자 굵게 울리는 듯한 소리가 나더니 또 하나의 호스에서 물이 쏟아지기 시작했다. 짠 내음이 풍기는 걸로 보아 바닷물이었다. 서둘러 도망치고 싶은 충동이 정유의 심장을 조였다. 출렁거리는 파도도 없고, 공중을 휘젓는 갈매기도 없고, 수면을 자유롭게 오가는 배도 없다. 냄새만이 선명한 이 공간은 인공적으로 만든 가짜 바다 같았다. 끝났음에도 자리를 뜨지 못하는 죽음과 그릇된 생명으로 메운 지독한 해양. 정민은 아버지의 몸이 완전히 잠긴 후에야 물을 멈추었다. 정유는 가라앉은 아버지의 모습을 내려다보며 다짐했다. 언젠가 맞이할 자신의 죽음만은 이런 수조 안에 갇히게 두지 않을 거라고.

* * *

제대로 기록되어 있지 않아 정확한 시기는 모른다고 한다. 우리나라가 아직 농업에 의존하고, 신분이 존재했던 시절. 소씨 가문에게 으리으리한 대저택은커녕 '소'라는 성이 있었는지도 불분명한 그 시절. 국가가 휘청일 만큼 거대한 기근이 찾아왔다. 시기를 잘못 찾은 추위와 더위가 무자비하게 지상을 내리누르고 떼를 지은 벌레가 들끓었다. 정성껏 경작한 농작물은 죄다 먹을 수 없었고, 전염병이 돌아 가축도 살아남지 못했다. 먹을 수 있는 식량을 보는 게 시체를 보는 것보다

드문 일이 되었다. 이윽고 시체마저 식량으로 둔갑했다. 모두가 이웃이 먼저 굶어 죽기를 기다리다 먹어 치우려 들었다.

당시 소매골이라 불린 이 지방도 예외는 아니었다. 고기를 잡아 끼니를 잇던 소씨 가문의 조상들도 심한 굶주림에 시달렸다. 바다 역시 대기근을 피하지 못했는지, 예전엔 풍족하게 잡히던 명당에서도 피라미 몇 마리나 건지면 다행일 정도였다. 기껏 고기를 잡더라도 강도를 당하기 일쑤였고, 곧이어 고기를 잡으러 갈 기력조차 사라졌다.

어부였던 남자는 어느 날 늙은 부친이 목을 맨 것을 발견했다. 극심한 굶주림을 참을 수 없어서 스스로 목숨을 끊으신 걸까? 입을 하나라도 줄여서 가족들을 살리려던 걸까? 이제 와서 생각해봤자 당신의 뜻을 누가 알리오. 남자는 고심 끝에 부친의 시체에 칼을 가져갔다. 처자식을 위해서라도 어쩔 수 없는 선택이었다.

잠시 후 믿을 수 없는 일이 벌어졌다. 절개한 부친의 몸에서 고기가 튀어나오는 게 아닌가! 갓 건져 올린 듯 싱싱하고 팔팔한 생선이었다. 며칠을 굶은 남자는 참지 못하고 고기를 생으로 씹었다. 배가 찰 만큼 고기를 먹어 치운 순간 부친의 시체에서 재차 고기가 등장했다. 남자는 이 신비로운 일에 놀라워하면서도 이웃들이 눈치챌까 조심하며 처자식에게도 고기를 가져다주었다. 아내와 아들도 아귀가 된 양 정신없이 고기를 먹어 치웠다. 가족의 배를 채운 남자가 부친이 있는 방에 돌아오니 고기가 더 늘어 있었다. 화수분과도 같은 신묘한 기적. 남자의 가족은 끊이지 않고 부친의 몸에서 나오는 고기 덕분에 기근을 무사히 넘길 수 있었다고 한다.

처음 지하실에 발을 들인 날, 아버지는 정유에게 이 일화를 들려주었다. 어떤 이치로 이런 놀라운 일이 벌어지는진 모르지만 소매 소씨 가문의 핏줄엔 그런 기적이 뒤따른다고 했다. 죽은 이의 몸에서 생물이 끊임없이 잉태하는 기적이. 조상 대대로 고기잡이를 했던 탓인지 시체의 몸에서 나오는 것은 항상 수산물이었다. 무한히 식량을 만들어낼 수 있는 이 힘 덕분에 소씨 가문은 크게 번성했다. 죽은 조상과 가족의 몸에서 꺼낸 수산물을 팔아 부를 축적했다. 희한하게도 죽은 이의 몸에서 나오는 생물은 겹치는 종이 없었다. 다양한 수산물을 얻기 위해 소씨 가문은 시신을 매장하거나 화장하지 않고 비밀스러운 공간에 안치하기 시작했다. 그 과정에서 소씨 가문은 이 기묘한 핏줄의 몇 가지 법칙을 알아낼 수 있었다.

첫째, 이 기적은 유전으로만 이어진다. 피를 나누지 않은 타인에게는 이 힘을 전달할 수가 없었다. 과거 가문의 누군가가 이 힘을 전달할 수 있는 방법을 연구하고자 손에 무수한 피를 묻혔다고 한다. 끝내 타인에게 힘을 전해줄 수 없다는 사실을 인정한 가문은 그 이후로 최대한 많은 자손을 낳으려 애쓰게 되었다.

둘째, 이 기적을 몸에 품은 시체는 썩지 않는다. 따라서 시체가 심하게 훼손되지 않는 한 꾸준히 생물을 잉태할 수 있었다. 가문이 안치하고 있는 시체 중 가장 손상이 심한 것은, 저택을 증축하던 공사 도중 자재에 깔려 상반신과 하반신이 분리된 자였다. 지금도 지하실 수조에 보관된 그의 상반신에선 우뭇가사리가 자라나고 있다. 찢어진 하반신도 수조에 보관해 두었으나 시간이 갈수록 물에 퉁퉁 붇고 썩어버리는 바람에 이례적으로 화장했다고 한다. 생물이 잉태되는 신체만이 부패하지 않는 모양이었다.

셋째, 이 기적을 통해 탄생한 생물은 어떤 결함도 없다. 시체에서 빠져나온 생물은 아무런 문제 없이 헤엄치고, 먹이를 먹는다. 물론 실제 바다에서 잡은 일반적인 생물과 교배도 가능했다. 운동 능력, 성격, 수명,

생태 그 모든 것이 일반적인 생물과 전혀 다를 바 없었다. 특이하게도 몸에서 나오는 생물은 성체뿐이며 성별도 모두 동일했다. 그런 특성 때문인지 다 자랐을 때 사람의 몸보다 거대한 수산물은 잉태된 적이 없었다.

넷째, 바닷물에 젖은 시체에선 생물이 나타나지 않는다. 시체를 안치할 때 수조를 사용하게 된 결정적인 원인이다. 시체를 가만히 놔두면 몇 분에 한 번씩 계속해서 수산물이 튀어나오기 때문에 그것을 조절해줄 필요가 있다. 수산물이 나오는 시체의 상처 부위를 바닷물로 적시면 생물의 잉태가 멈춘다. 따라서 소씨 가문에서는 불필요한 수산물을 만드는 시체를 바닷물에 잠가버리고, 필요할 때만 수조의 바닷물을 빼 수산물을 생산하는 방식을 사용한다.

수조를 갓 이용하던 과거에 이것과 관련된 사건이 한 번 발생한 적이 있다. 민물고기를 내놓는 시체는 당연히 필요할 땐 민물을 채워두고, 필요 없을 땐 바닷물을 채워둬야 한다. 야간엔 모든 수조에 바닷물을 채워 밤 동안 수산물이 나오지 못하게 하는데, 누군가 가물치 수조에 민물을 채워 넣는 실수를 범했다. 모두가 잠든 사이 시체에선 계속 가물치가 튀어나왔고 다음 날 수조 안은 서로의 몸에 짓눌린 가물치들이 빼곡하게 들어차 있었다고 한다. 당장이라도 터질 것 같은 눈알을 유리에 밀착한 채 숨도 제대로 못 쉬고 있는 가물치의 시선. 이미 수백 마리의 압력에 내리눌려 몸이 찢어진 가물치의 잔해. 온통 가물치에 둘러싸여 보이지도 않는 시체. 수조를 열어 가물치를 빼내려 했으나 오랜 시간 압축되듯 짓눌린 탓에 한 덩어리가 되어 꺼내기도 힘들었다고 한다.

그날 이후로 수조가 대폭 개량되었다. 조작반엔 현재 수조를 채운 물이 민물인지 바닷물인지 알려주는 램프를 장치했다. 일정 한계 이상 수산물이 생성되면 경보를 울리는 센서도 생겼다. 너무 많이 불어난 수산물 때문에 시체가 손상되는 걸 방지하고자, 수조 가운데 금속 철판을 설치하기도 했다. 금속 철판으로 공간을 나눈 덕분에 수조의 윗부분엔 시체가 누워 있고, 아랫부분의 텅 빈 공간에 물을 채워 넣을 수 있게 되었다. 시체에서 수산물이 빠져나오면 자연스럽게 아래로 떨어지는 구조로 설계한 것이다.

아버지는 시행착오를 겪으며 나날이 발전하는 자신의 가문을 자랑스럽게 여겼다. 조상은 후손을 위해 아낌없이 모든 걸 베풀고, 조상의 덕을 본 후손은 이후의 세대를 위해 선대의 은혜를 되풀이한다. 이 일련의 연쇄를 설명하는 아버지는 보기 드물게 뿌듯한 얼굴을 하고 있었다. 이런 신비로운 핏줄을 타고난 것이 진심으로 영광스럽다는 양.

정유는 그 지하실에서 최초로 아버지와 가문을 향한 반발을 품었다. 남녀노소 가리지 않고 가문의 핏줄을 이은 사람이 죽으면 그 시체를 영영 수조에 가둔다. 시체에 상처가 없으면 일부러 상처를 내 수산물을 빼낸다. 죽은 사람의 몸에서 나온 정체불명의 수산물을 아무 문제도 없는 양 둔갑시켜 판매한다. 생성되는 원리조차 해명되지 않은 수산물로 부를 쌓고 그걸 자랑스러워한단 말인가? 행여 수산물 자체에 아무런 문제가 없다 한들 시체에서 잉태된 고기를 활용하는 게 옳은 일이란 말인가? 이 집안의 모두가 이런 행위를 정상적으로 여긴단 말인가?

정유 말고도 이런 행위를 못마땅하게 여긴 인물이 딱 한 명 있었다. 정유의 작은아버지인 기선이 바로 그였다. 소기선은 소씨 가문의 차남으로 태어나 20대까진 가게 일을 거들며 살았으나, 가문의 행태를 비윤리적으로 여기고 출가했다. 그는 외지의 물류 회사에서 일하다 사내 연애를 시작했고 결혼에 성공했다.

사건은 기선의 딸이 두 살이 되었을 때 벌어졌다. 회사 물류 창고에서 불이 난 것이다. 건설 비용을 아끼기 위해 사용된 값싼 자재를 타고 화재는 삽시간에 몸집을 키웠다. 유독 가스로 질식사한 직원은 총 세 명. 그중엔 기선의 아내도 있었다. 기선은 가까스로 살아남았지만 전신에 심한 화상을 입어 피부 이식 수술이 불가피했다. 그때 기선의 형이자 정유의 아버지가 찾아와 제안했다. 수술비를 제공하고, 딸의 양육도 도와줄 테니 다시 집으로 돌아오라는 내용이었다. 화재 후유증으로 피부가 망가지고 신경까지 손상된 그로선 사회에 다시 진출하는 건 불가능에 가까웠다. 기선은 결국 그 제안을 받아들이고 딸과 함께 소씨 가문으로 돌아갔다. 피부 이식 수술은 무사히 마쳤지만 얼굴에 난 화상 흉터는 없애지 못했고, 일부 신경은 괴사하여 촉감과 통증에 무딘 몸이 되었다. 기선은 기력을 회복한 후 다시 비윤리적인 가업에 발을 담그게 되었다. 죄책감에 마음이 스러질 때마다 딸을 보며 자신을 채찍질했다. 온몸이 망가진 자신이 기댈 곳은 이러니저러니 해도 가족밖에 없었으니까. 딸은 다행히 가족의 보살핌 덕분에 별 탈 없이 세 살을 맞이했다.

행복은 더 이어졌으면 하는 순간에 불현듯 끊어지

고, 불행은 이제 끝났겠거니 여기는 순간 재차 찾아온다. 그 사건은 정유가 고등학생일 적 일어났다. 기선이 가게 일을 돕는 시간에 딸을 돌보는 건 친척들, 그중에서도 허드레꾼의 몫이었다. 그날은 주방을 청소하고자 찬장에 담긴 식기를 벌려놓고, 냉장고의 식자재를 꺼내놓느라 사방이 분주했다. 허드레꾼들은 딸이 스스로 놀게끔 장난감을 쥐여주고 청소를 시작했다. 매일 가지고 놀던 장난감에 싫증이 난 딸은 문득 눈에 들어온 것을 붙들었다. 어른들이 매일 사용하던 금속 젓가락이었다. 자신에겐 플라스틱으로 된 뭉툭한 젓가락만 주고 어른들은 멋지게 빛나는 근사한 젓가락을 사용하다니 참 치사한 일이지 않은가. 딸은 젓가락이 마음에 들었는지 바닥을 때리며 놀다가 불현듯 다른 것에 시선을 던졌다. 비스듬한 각도로 벽에 나란히 뚫린 한 쌍의 구멍. 딸은 젓가락이 그 구멍에 꼭 알맞게 들어갈 것이란 확신이 생겼다. 딸은 자신감 있게 젓가락 하나씩을 양손에 잡고 동시에 구멍 안으로 찔러넣었다.

콘센트는 도체인 금속이 연결되자 전기를 내뿜었다. 감전된 근육이 저절로 수축되며 의지와 상관없이 젓가락을 단단히 붙들었다. 그제야 상황을 알아차린 친척들은 딸을 떼어내려 했으나 자신마저 감전될까 멈칫하고 말았다. 뒤늦게 누군가 플라스틱 자루를 휘둘러 딸을 콘센트에서 떼어냈다. 다급한 비명과 고함, 신고 전화, 서로에게 책임을 미루는 삿대질, 눈물 혹은 구역질이 이어졌다. 잠시 후 구급차가 왔으나 딸을 소생시킬 순 없었다.

소씨 가문의 관례에 따라 장례식은 집 안에서 조촐하게 치러졌다. 짧은 장례식이 이어지는 동안 누구도 섣불리 기선에게 말을 건네지 못했다. 그의 눈은 무엇에도 초점을 맞추지 않고 공허하게 데굴거렸다. 정유는 그때의 기선을 똑똑히 기억한다. 몇 시간도 안 되어 폭삭 늙어버린 듯한 안색은 마치 이번에 죽은 이가 기선이었을지도 모른단 착각마저 일으켰다. 그는 때때로 소리 없이 울었는데, 눈물은 얼굴의 일그러진 화상 흉터에 걸려 바닥으로 떨어지지조차 못했다.

가족이 모두 모여 딸의 명복을 빈 후 마지막 절차만이 남았다. 딸의 몸이 잉태할 수산물을 확인하고 수조에 넣는 일이었다. 너무 어린 이들을 제외한 모든 가족이 그 자리에 함께했다. 당시의 정유 역시 벌벌 떨며 이 기괴한 의식을 참관하고 있었다. 정유의 할아버지, 즉 기선의 아버지가 칼을 거머쥐었다. 형태는 일반적인 식칼과 똑같으나, 살을 가르기 용이하도록 특별히

탄소강으로 제작한 칼이었다. 장례식 내내 아무런 말도 없던 기선은 그제야 한 마디를 꺼냈다.

"아, 아버지······. 안 하시면 안 될까요?"

할아버지는 날카로운 눈으로 기선을 노려보았다. 기선은 더듬거리며 말을 이었다.

"이 애 아직 세 살이에요. 어, 어차피 지금도 충분하잖아요. 지금 있는 수산물만으로도 충분히 저희 집 먹고 살 수 있잖아요! 이 어린 애의 배까지 가를 필요는 없잖아요······. 제발 아버지! 아버지 손녀란 말이에요. 불행하게 죽은 손녀한테 칼을 댈 이유는 없잖아요!"

"시끄럽다. 소매 소씨의 피를 이은 자에게 예외란 없는 걸 모르는 게냐? 이 자리의 누가 죽어도 너희는 응당 이래야 한다! 설령 내가 이 자리에서 죽으면 망설임 없이 배를 갈라야 해! 우리는 그렇게 하며 살아왔다. 너 역시 죽은 조상님들의 은혜를 입고 이 자리에 있는 게야!"

할아버지가 완강히 호통치자 기선은 죽은 딸의 몸을 덮듯 끌어안았다. 정유는 생전 그렇게 필사적인 외침을 들은 적이 없었다. 듣고만 있어도 덩달아 눈물이 날 법한 목소리가 애원하고 있었다. 정유가 입술을 어물거렸다. 지금이라도 작은아버지와 동조해서 이 정신 나간 관례를 멈춰야 했다. 고작 세 살배기의 배를 갈라 안에서 무엇이 잉태되는지 확인하는 것도 모자라, 그것을 판매하려는 미친 짓거리를 막아야 했다.

"이 못난 놈을 어서 치워라."

할아버지의 지시에 정유의 아버지가 나섰다. 그는 기선의 겨드랑이 사이로 팔을 집어넣더니 강제로 기선을 끌어냈다.

"형님! 형님도 딸이 있으니까 아실 거 아니에요! 정유가 저런 꼴을 당해도 좋단 말입니까? 아직 미처 다 자라지도 못한 애의 배를 가르는 게 사람의 도리입니까?"

"기선아, 너야말로 정신 차려라! 나이가 많든 적든 죽는 순간 다 똑같은 시체야. 아무것도 하지 못하는 시체! 차라리 이런 식으로나마 남은 가족들한테 보탬이 되는 게 얼마나 영광스러운 일이냐. 네 딸은 가장 가치 있는 일을 하는 거야!"

아버지의 말에 정유는 얼어붙었다. 정유가 어느 날 죽음을 맞이한다면 아버지는 조금도 주저하지 않고 딸의 배를 가르리라. 만약 희귀한 수산물이 나온다면 비싼 값에 팔 수 있다고 기뻐할 터였다.

"제발 다시 생각해 보세요, 아버지! 제, 제가 가문을 위해 뭐든 다 하겠습니다. 소가수산을 위해 목숨을 바치겠습니다. 그러니 제발 그 애만큼은 내버려 두세요. 그냥 평범하게 보내주세요, 제발!"

할아버지는 붙잡힌 채 제압된 기선을 힐끔 바라보더니 곧장 칼을 내리찍었다. 연한 살갗은 노련한 손놀림 앞에 간단히 떨어져 나갔다. 핏물이 줄줄 흘러 수조 밑바닥으로 낙하했다. 이윽고 핏물 속에서 작은 형체가 모습을 드러냈다. 약 3센티미터의 조그만 방추형 몸체. 처음엔 피와 뒤섞여 붉은빛을 띠는 줄 알았지만 자세히 보니 몸체 밑이 붉은색을 타고난 모양이었다. 붉은 복부와 대비되는 푸른 등. 귀여운 생김새와 인상적인 색감으로 인기가 높은 열대어 카디널테트라였다. 피 웅덩이에서 팔딱거리는 조그만 열대어를 응시하던 할아버지가 중얼거렸다.

"먹진 못하겠구나."

기선은 저항하던 모든 동작을 멈추었다. 수조이자 관에 누운 채 영영토록 열대어를 쏟아내게 될 딸을 잠시 바라보고, 그 주변을 둘러싼 모두를 지켜보다 고개를 떨구었다. 혼절한 것이다.

"이 애는 지하실로 옮겨주고, 고기는 잘 조사해서

팔아보거라. 저 못난 것도 알아서 방에 데려다 놓고."
 할아버지는 피 묻은 칼을 두툼한 천으로 닦고선 먼저 자리를 떴다. 누군가는 정신을 잃은 기선을 방으로 옮겼고, 누군가는 테트라를 물이 담긴 병에 넣고, 누군가는 수조에 묻은 핏물을 닦아내고, 누군가는 요즘 열대어 인기를 분석하며 예상 매출액을 입에 올리고 있었다. 모두가 분주하게 세 살배기의 시체를 훼손하고 뒷정리하는 모습을 보며 정유는 치밀어오르는 구역질을 참을 수 없었다.

 딸의 시체가 지하실에 안치된 지 사흘이 지났다. 조사 결과 이번에 얻은 카디널테트라는 판매하는 데 아무런 문제가 없다는 결론이 나왔다. 내일부터 소가 수산에는 카디널테트라가 새로 모습을 드러낼 것이다. 손님들은 아쿠아리움을 구경하듯 화려한 색의 열대어를 감상하고, 어디서 잡아 온 고기인지 궁금해하지도 않은 채 몇 마리를 구매하리라. 기선은 방에 틀어박혀 사흘 내내 모습을 보이지 않았으나 달리 신경 쓰는 사람은 없었다. 걱정된 정유가 몇 번 찾아가 보았지만 문이 열리긴커녕 대답조차 돌아오지 않았다.
 기선이 나타난 건 가족 모두가 식탁에 모인 저녁

시간이었다. 정돈한 기색 없이 아무렇게나 뻗쳐있는 머리칼. 흰자가 아니라 붉은자라 불러야 할 만큼 충혈된 안구. 물기 없이 갈라져 핏자국이 선명한 입술. 울퉁불퉁한 화상 흉터를 가로지르는 눈물 자국. 무엇보다 눈에 들어오는 것은 손에 쥔 탄소강 칼이었다. 딸의 살점을 도려낸 그 칼.

"지금 무슨 짓을 하려는 게냐. 경솔한 짓 하지 마라."

상석에 앉아있던 할아버지가 경고했다. 목소리엔 흔들림이 없었고, 얼굴 역시 평소처럼 무표정했다. 침착을 가장한 건지 정말 아무런 동요도 없는 건지 겉모습만 봐선 판단이 안 된다.

"그 자리에 없던 어린 애들은 다 다른 방으로 보내요."

모두가 눈치를 보느라 굳어있던 사이 기선은 칼을 내밀며 소리쳤다.

"빨리!"

그제야 일부가 움직이며 아이들을 챙겨 방으로 달아나듯 사라졌다. 아이들이 자리를 뜬 걸 확인한 기선은 할아버지를 똑바로 바라보며 말했다.

"아버지, 마지막으로 부탁드리겠습니다. 딸아이의

몸에서 나온 물고기를 팔지 말아주세요. 지금이라도 그 아이를 화장할 수 있게 해주세요. 이렇게 부탁드립니다."

기선은 무릎을 꿇고 잠시 칼을 내려놓더니 고개를 숙였다. 정유를 비롯해 자리에 남은 가족들이 모두 기선과 할아버지를 보며 분위기를 살폈다. 할아버지는 대수롭지도 않다는 양 홀로 식사를 계속했다.

"뭘 하려나 했더니만 고작 이거냐? 우리 가문에서 태어난 이상 이것은 피할 수 없는 숙명이자 운명이다. 생각해 봐라. 다른 이들의 죽음이 얼마나 하찮은지. 죽음으로서 세상에 도움이 되는 경우가 몇이나 있지? 기껏해야 남을 구하고 죽는 허접한 미담이나, 장기 기증 따위가 전부다. 우리 가문은 그깟 알량한 희생정신과는 궤를 달리한다."

할아버지는 차를 들이켜느라 잠시 말을 멈추었다. 기선은 꿋꿋이 고개를 숙인 채 무릎 꿇은 자세를 유지했다.

"죽음으로써 산 것을 계속해서 잉태한다는 일이 얼마나 값진 것인지 진정 모르는 게냐? 무한한 식량을 제공하고, 그에 따른 풍족한 부를 거두고, 그것이 이어져 우리 가문은 이토록 번영한 것이다. 가치 없는 죽음이 아니라 영원토록 모두가 만족할 수 있는 선순환이 계속되는 게지. 내 손녀는 스스로의 몸을 던져 이런 가치를 우리에게 베푼 것이다. 너는 자랑스러워해도 좋아."

정유는 아버지가 고개를 주억거리고 있는 걸 발견했다. 상한 걸 먹은 것도 아닌데 속이 세차게 뒤틀렸다. 문득 식탁에 올라간 음식들이 세 살배기의 살점처럼 느껴졌다. 잔에 담긴 것은 여태 죽은 이들의 혈액이요, 접시 위에 얹은 건 내장과 가죽일진저.

"세간이 만든 맥없는 가치에 휘둘리지 마라. 죽음은 그 자체로 끝이다. 이미 끝난 몸뚱이를 가지고 무얼 하든 문제 삼을 이유가 있나? 죽은 아이의 살을 가른 건 식탁에 오를 고기를 손질하는 것과 진배없다. 그 아이의 몸에서 나온 걸 그 아이와 동일시하지 마라. 그건 그냥 물고기에 불과하니까."

가족은 침묵으로 할아버지와 뜻을 같이했다. 설령 그와 다른 의견을 가진 이가 있다 한들 입 밖으로 내지 않은 주장엔 아무런 의미가 없었다.

"오로지 우리에게만 주어진 이 축복의 가치를 곰곰이 생각해 보거라. 정신 차리고 이만 네 방으로 돌아가. 아니면 지금이라도 같이 식탁에 앉을 테냐?"

할아버지가 말을 마치자 기선은 천천히 고개를 들었다. 실핏줄이 터진 눈에선 지금 당장이라도 피눈물이 흐를 것만 같았다. 기선이 칼을 집어 드는 걸 본 정유의 아버지가 소리쳤다.

"너, 너 그 칼은 왜 들고 온 거야! 가만히 내려놔!"

기선은 대꾸하지 않았다. 자신에게 생명을 물려준 존재를 물끄러미 응시했고, 자신보다 조금 빠르거나 조금 늦게 태어난 혈육을 응시했고, 형제자매의 분신을 응시했다. 그는 가족을 향하던 칼날이 자신을 향하게끔 손잡이를 고쳐 쥐었다.

"이 모든 게 영원할 거라 생각하지 마세요."

누가 말릴 새도 없이 칼날은 기선의 배에 박혔다. 그는 감전이라도 된 양 부들거리면서도 칼을 멈추지 않았다. 정유의 귓가에 기겁하는 비명이 점점 멀어져 갔다. 배에서 핏물이 쏟아져 바닥에 부딪는 소리가 폭포처럼 큼직했다. 기선은 자신의 살을 도려낼 때까지 손을 계속 움직였다. 신경이 망가져 고통을 못 느끼는 것일까? 아니면 이런 일을 자행할 만큼 괴로웠던 걸까? 대답해줄 사람이 더는 없었다. 물기 가득한 소리를 내며 살점이 떨어진 뒤, 기선은 앞으로 고꾸라졌다. 딸과 마찬가지로 한 손에 쥐는 쇠붙이가 그의 목숨을 앗아간 것이다.

기선이 엎어진 후에야 정유는 주변의 소리를 제대로 인식할 수 있었다. 고장이라도 난 양 비명만을 지르는 사촌 언니. 방금 잠수를 한 양 받은 숨을 연신 내뱉는 아버지. 너무 놀란 바람에 잔을 깨트리고 만 어머니. 각자의 경악과 충격을 담은 거센 호흡이 흩어졌다. 할아버지 옆에서 연신 입을 다물고 있던 할머니가 가장 먼저 뛰쳐나갔다. 관절염에 시달려 평소엔 제대로 걷지도 못하던 사람이라곤 믿을 수 없는 속도였다. 등을 보이고 엎어진 기선을 뒤집으려 애썼으나 할머니의 힘이 모자랐다. 쭈뼛거리던 친척 몇 명이 다가가 기선을 뒤집었다. 숨이 끊어진 아들을 마주한 할머니는 짐승이 부르짖는 듯한 소리를 내며 울음을 토했다.

이 모든 일을 시시한 촌극이라도 되는 양 지켜보고 있던 할아버지는 마침내 무거운 엉덩이를 떼었다. 그는 허리를 최대한 펴고 앞으로 걸었다. 개선장군도 아닌데 당당한 걸음걸이. 이성을 잃고 통곡하는 할머니를 제외한 모든 이의 시선이 할아버지에게 향했다. 그는 배를 쩍 벌린 채 아내의 품에 안긴 아들을 보며 무어라 중얼거렸다. 너무 작은 소리라 정유에겐 들리지 않았다. 다만 그 혼잣말을 들은 할머니가 일순 곡

읍을 멈추고 할아버지를 노려보았다.

할머니가 입을 벌리며 뭔가를 소리치려던 때였다. 길쭉한 것이 기선의 배에서 흘러내렸다. 정유는 얼핏 본 그것이 내장인 줄 알고 기겁했으나, 스스로 꿈틀거리는 걸 보니 내장은 아니었다. 몸길이는 약 1미터. 뱀과 닮은 몸체는 바위처럼 칙칙한 색을 하고 있었다. 피를 뒤집어쓰고 있어 잘 보이진 않았지만 온몸에 점 같은 무늬가 있는 듯했다. 머리끝에서부터 돋아난 지느러미가 꼬리까지 이어져 있었고, 눈꺼풀 없는 눈동자는 마치 장난감 눈알을 붙여놓은 것처럼 보였다. 빠끔거리는 입은 안으로 휘어진 이빨을 머금고 있었다. 호흡을 못 하는 게 괴로운지 연신 몸을 퉁기는 그것은 곰치였다. 할아버지는 곰치를 내려다보며 말했다.

"뭐 하고 있냐. 냉큼 수조를 가져오지 않고."

할머니는 고개를 푹 숙인 채 기선을 쓰다듬고만 있었다. 기선의 주위에서 눈치를 살피던 누군가가 몸을 일으키던 순간이었다. 바닥을 기던 곰치가 별안간 방향을 틀더니 일어서던 친척의 손을 깨물었다. 친척이 비명을 채 지르기도 전에 곰치는 고개를 꺾었다. 튼튼한 턱에 단단히 물린 손가락은 관절을 무시하고 옆으로 구부러지는가 싶더니 둔탁한 소리를 내며 부러졌다. 갑작스러운 고통을 이기지 못한 친척이 넘어지는데도, 곰치는 결코 손을 놓아주지 않았다.

"빠, 빨리 이것 좀 빼줘!"

절규에 가까운 애원. 친척 두 명이 곰치의 몸통을 붙잡아 당기고, 한 명은 곰치의 턱을 벌리려 애를 썼다. 자신의 몸을 밧줄로 사용한 줄다리기에서 승리한 것은 결국 곰치였다. 단단히 붙든 손가락이 마침내 절단된 것이다. 곰치는 손가락을 냅다 삼켜버린 후에야 만족한 듯 축 늘어졌다. 중지와 약지를 잃은 친척은 바닥을 구르며 비명을 내질렀고, 다른 이들은 제 손가락이 잘린 것도 아닌데 굳어버렸다. 심지어 할아버지마저도 기선이 생을 내던졌을 때보다 눈을 크게 뜨며 당황하고 있었다. 할머니는 이 모든 소란에도 고개조차 들지 않고 어깨를 들썩거렸다. 할머니의 품에 안긴 기선이 경련하는가 싶더니 곰치가 다시 고개를 내밀었다. 친척들이 기겁하며 거리를 벌린 것과 곰치 수십 마리가 한꺼번에 쏟아져 나온 것은 거의 동시였다. 서로에게 떠밀린 곰치는 유전에서 솟구치는 석유처럼 사방으로 퍼졌다. 방금까지 기선 주변에 있던 친척들은 도망칠 새도 없이 곰치 떼에 휩쓸렸다. 곰치는 사람을 발견하자마자 턱을 움직였다. 첨예한 이빨이 가뿐하게 살갗을 뚫고 뼈를 짓눌렀다. 찢어진 혈관에서 체액이 새어 나오고, 성대는 비명만을 송출했다. 간헐천이 분출하다시피 샘솟는 곰치 떼는 친척들을 새까맣게 뒤덮어버렸다. 간간이 들리던 비명은 거품이 들끓는 듯한 소리로 바뀌더니 이내 잠잠해졌다.

"정신 차려! 빨리 일어나서 도망쳐!"

움직일 생각도 못 하고 아직도 의자에 앉아있던 정유를 강제로 일으킨 건 정민이었다. 그는 정유와 영자의 팔뚝을 붙들고 떠밀듯이 힘을 주었다. 그제야 다리가 움직이기 시작한 두 사람은 목적지도 모른 채 무작정 식당을 뛰쳐나갔다.

이제 곰치는 식탁 위로 튀어 올랐다. 방금까지 식사를 즐기던 친척들이 이제 곰치의 먹을거리가 될 차례였다. 조금만 늦게 일어났어도 저들과 같은 꼴이 되었으리란 생각을 하자, 정유의 심장은 괴로울 만큼 세차게 뛰었다. 뒤늦게 도망치려던 친척은 그만 발목을 물어뜯기고 중심을 잃고 말았다. 식탁에 머리를 부딪친 그는 기절한 채 곰치 떼 위로 쓰러졌다. 이제 그가 다시 눈을 뜰 일은 없으리라. 먹어 치우고 남은 고기의 잔해 위로 핏물이 튀었다. 그 모습이 마치 붉은 소스를 아무렇게나 흩뿌린 것처럼 보였다.

할아버지의 얼굴을 향해서도 곰치 한 마리가 튀어 올랐다. 반사적으로 팔뚝을 들어 방어하지 않았더라면 얼굴 가죽이 벗겨졌을지도 모를 일이다. 곰치는 얼굴 대신 팔뚝을 깨물었다. 할아버지는 뒷걸음질 치며, 쏟아지는 곰치 떼와 거리를 벌렸다. 팔뚝에 매달린 곰치는 다른 손으로 아무리 잡아당겨도 빠질 기미가 보이지 않았다. 할아버지는 엄지를 세우고 곰치의 눈을 향해 가져갔다. 안구가 꿰뚫린 곰치는 바람이 빠지는 듯한 소리를 내며 팔뚝을 놓았다. 할아버지에게서 떨어진 곰치는 무리 사이에 파묻혀 사라졌다. 할아버지는 허둥지둥 식당을 벗어나 도망쳤다. 근래 달려본 적 없던 관절이 갑작스럽게 충격을 받자 찌르는 듯한 통증이 다리를 적셨다. 그는 뒤뚱거리면서도 뒤를 바라봤다. 무한히 솟구치는 곰치는 이미 식당을 완전히 덮어버렸다. 기선의 시체는 물론 그 옆에 있던 할머니와 다른 이들도 보이지 않았다. 할아버지는 지하실로 달렸다. 그곳엔 언제나 바닷물을 보관해 두고 있으니 그걸 시체에 뿌리면 곰치는 더 이상 솟아나지 않으리라. 여차하면 지하실을 피난 장소로 삼아도 된다. 보안이 철저하여 곰치 따위는 죽었다 깨어나도 뚫을 수 없을 테니.

그는 다시 뒤를 확인했다. 곰치 떼는 복도를 휩쓰는 검은 파도가 되어 있었다. 마치 삼도천의 물줄기 하나가 저택을 덮치는 듯 보였다. 무리의 물결에 휘말려 멀찍이 뛰어오른 곰치 한 마리가 할아버지의 허리를 때렸다. 허리에 무게감이 느껴지자 그는 더 빠르게 달리려 했지만, 이 나이엔 달릴 수 있다는 것 자체가 용한 수준이었다. 곰치는 고개를 돌려 할아버지를 물어뜯으려 했지만 실패하고 허리에서 떨어졌다. 발을 디딘 순간 무릎뼈가 부서지는 게 아닐까 싶을 만큼 통증이 거세졌다. 한계가 임박했을 때 할아버지는 지하실 입구를 발견했다. 그는 벽에 충돌하다시피 달려들어 출입문을 더듬거렸다. 움푹 들어가는 구간을 잡고 문을 열며 뒤를 돌아보았다. 곰치 떼는 다리를 길게 뻗으면 닿을 거리까지 들이닥쳐 있었다. 미닫이문을 살짝 연 그는 틈새로 자신의 몸을 밀어 넣었다. 그의 몸이 반절쯤 통과했을 때 곰치의 물결이 벽에 부닥쳤다. 어떤 놈은 어찌나 거세게 충돌했는지 천장까지 튀었고, 어떤 놈은 동족들의 무게에 짓눌려 몸이 터져버렸다. 잽싼 곰치 한 마리가 할아버지의 바지 밑단을 깨물었다. 그는 무시하고 움직였다. 가까스로 안으로 들어온 할아버지는 곧장 미닫이문을 닫으려 했으나, 이미 곰치들은 틈새에 머리를 드밀고 있었다. 좁은 틈새에 수십 마리가 몰리자 도리어 놈들은 제대로 들어오지 못했다. 스스로의 몸으로 벽을 만든 셈이다. 할아버지는 문 닫는 걸 포기하고 계단 아래로 내려갔다. 마음이 급한 탓인지 몸은 자꾸 넘어질 듯 휘청거렸다. 바지 밑단을 깨물던 곰치는 계단에 얻어맞더니 입을 벌렸다. 일이 잘 풀리고 있었다. 이대로 안에 들어가 상황을 살피다 시체에 바닷물을 끼얹기만 하면 될 것이다. 어차피 곰치들은 지상에서 얼마 못 가 죽을 테니 시체만 처리하면 모든 일은 무사히 마무리되리라. 할아버지는 열쇠를 꺼내려 품속에 손을 집어넣었다.

그 순간 폭발과도 닮은 소리가 들렸다. 지하실 입구 틈새에 켜켜이 쌓이던 곰치 떼가 마침내 동족들의 벽을 뚫고 계단으로 침입한 것이다. 뒤를 돌아본 할아버지는 아래로 쏟아지던 곰치 떼와 마주쳤다. 놈들은 일제히 입을 벌리고 그 자리의 유일한 먹잇감을 노렸다. 곰치 수십 마리와 충돌한 할아버지는 속절없이 벽에 뒤통수를 부딪고 쓰러졌다. 머리에서 피가 흘러나오며 정신이 몽롱해지기 시작했다. 곰치 떼는 몽롱한 정신으로 놔둘 수 없다는 듯 닥치는 대로 그를 물어뜯었다. 손이 닿는 모든 곳에서 미끈미끈한 촉감이 느껴졌다. 비명을 지르려 했으나 공기가 새 나가는 소리만 들렸다. 기관지의 어딘가에 구멍이 뚫린 모양이다. 곰치는 이것이 자신의 사명이라는 양 그를 물어뜯다 이내 숨이 멎었다. 할아버지는 손가락이 사라진 손을 까딱거리고, 더는 말을 내보낼 수 없는 입술을 달싹이는가 싶더니 아무런 움직임도 보이지 않게 되었다.

사건을 가까스로 수습한 건 정민이었다. 정유와 영자를 피신시킨 정민은 차고로 달려가 펌프 차량에 시동을 걸었다. 정갈하게 다듬어진 잔디를 짓밟고 정원을 가로지른 그는 식당으로 돌진했다. 충돌 직전 차량을 세운 정민은 발판으로 쓰이던 정원석을 들어 창문으로 내던졌다. 사람 얼굴 크기의 정원석이 창문을 때리자 곰치 몇 마리가 정원으로 쏟아졌다. 숨을 못 쉬어 이미 죽은 곰치들이었다. 그는 펌프 차량에 설치된 호스를 집어 들었다. 차량의 탱크엔 언제나 바닷물이 한가득이었다. 그는 급수 레버를 최고 수압으로 당기고선 식당으로 달려갔다. 무더기로 쏟아진 곰치가 식당으로 이어지는 디딤판이 되어주었다. 식당 바닥은 온통 곰치로 바글거려 마치 살아있는 늪을 마주한 기분이었다. 머뭇거리며 곰치로 이루어진 바닥을 밟자

실제 늪처럼 발이 이따금 빠졌다. 정민은 아직 살아있는 곰치들이 몰려올 때마다 물을 뿌려 쫓아냈다.

그는 곰치 떼가 불룩하여 언덕처럼 솟아있는 곳으로 향했다. 강한 수압의 바닷물을 얻어맞은 곰치들은 비누 거품처럼 맥없이 쓸려나갔다. 이윽고 시커먼 곰치 떼 사이에서 허연 터럭이 하나 보였다. 할머니의 머리카락이다. 정민은 한 손으론 호스를 움켜쥐고 다른 손으론 곰치 떼를 파헤치기 시작했다. 곰치 하나가 정민의 손을 깨물려 했으나, 무더기로 쌓인 곰치 사체에 깔려 몸을 움직일 수 없는 상황이었다. 곰치 몇 마리가 머리를 까딱이며 정민의 몸에 상처를 내고자 애썼다. 그는 이빨에 긁히는 걸 무시한 채 곰치 무더기 안으로 파고들었다. 살아있는 것과 죽어있는 것의 혼재. 어느새 손이 끈적해졌는데 자신의 땀인지, 누군가의 피인지, 곰치의 체액인지 구분이 가지 않았다. 깊이 들어갈수록 비린내가 어찌나 심한지 차라리 코를 도려내고 싶을 정도였다. 별안간 벌어진 사건 때문에 식사를 제대로 하지 못했는데도 욕지기는 자꾸만 치밀었다.

곰치 몇 마리를 걷어낸 순간 그는 할머니 품에 안긴 기선을 발견했다. 할머니는 마치 갓 태어난 아기를 안듯 기선을 소중히 품고 있었다. 어찌 된 영문인지 곰치가 할머니를 공격한 흔적은 없었다. 정민은 기선을 발견하자마자 호스 끝을 겨누었다. 바닷물이 쏟아지며 기선의 시체를 적셨다. 혈액과 섞인 바닷물이 혼탁한 붉은 빛으로 변하며 흩어졌다. 정민은 곰치가 더는 솟구치지 않는 걸 확인하고 호스를 놓았다. 자신에게 계속 이빨을 박고 있던 곰치들도 어느새 움직임을 멈추었다. 정민은 곰치 떼에 가려져 얼굴이 보이지 않는 기선을 응시하다 고개를 돌렸다. 그는 끝내 참지 못하고 토사물을 쏟아냈다.

식당은 물론 복도의 절반가량이 곰치 떼에 파묻혔다. 정신을 가다듬은 정민이 가족들을 불러 모았다. 움직일 수 있는 인원은 각자 삽을 하나씩 들고 곰치 떼를 치워 길을 만들었다. 길이 어느 정도 넓어지자 그들은 바닷물이 가득 담긴 수조를 가져와 기선의 시체를 안치했다. 바닷물과 접촉한 기선의 몸에선 더는 곰치가 튀어나오지 않았다. 기선이 담긴 수조는 차량을 통해 소가수산으로 이동했다. 저택의 지하실로 향하는 출입구는 단 두 개인데 그중 하나가 소가수산에 있었다. 저택 복도를 통해 곧바로 들어가는 경로는 계단이 많아 수조를 운반하는 덴 적합하지 않다. 하나 소가수산의 비밀 문을 이용하면 엘리베이터가 있는 또 다른 경로를 이용할 수 있었다. 물론 삼중 보안 절차는 동일하다.

일부 인원이 기선의 수조와 곰치 떼를 소가수산으로 나르는 사이, 정유를 비롯한 다른 인원들은 지하실로 이어지는 저택 직통 경로를 청소하고 있었다. 할아버지의 시체를 최초로 발견한 사람은 정유였다. 지하 계단에 가득 쌓인 곰치 떼를 치우는 도중 할아버지를 찾아낸 것이다. 한껏 손상된 시체는 원형을 도무지 알아볼 수가 없어서, 입고 있는 옷이 아니었다면 누구인지도 몰랐으리라. 할아버지를 뒤덮은 곰치 떼 틈새로 큼직하고 통통한 물고기 한 마리가 죽어 있었다. 누런빛의 몸체에 거무튀튀한 무늬를 가진 그것은 큰입배스였다. 할아버지가 죽음으로써 잉태된 듯했다. 정유는 곰치 떼에 짓눌린 채 늘어진 배스를 보며 이를 앙다물었다.

정유는 고등학생 시절 일어난 이 비극을 언제나 가슴에 품고 있었다. 곰치 떼의 습격으로 목숨을 잃은 사람만 다섯 명이었다. 할머니는 놀랍게도 아무런 외상도 입지 않았지만 정신적 충격이 심했는지, 의식을 찾지 못하다가 사흘 뒤 조용히 숨을 거두었다. 곰치 떼에 물려 다친 사람도 열 명에 달했다. 가문이 알아낸 기묘한 핏줄의 법칙이 깨진 건 그때가 유일했다. 시체에서 나타난 수산물은 일반적인 생물과 다를 바가 없으며, 일정한 시간마다 한 개체씩만 발생한다. 하나 그 곰치만은 예외였다. 극도로 포악하고 흉포한 성질. 호흡할 수 없는 공간에서마저 다른 생물의 목숨을 끊으려 하던 공격성. 단기간에 폭발적으로 발생한 점까지 모든 것이 변칙적이었다. 누군가는 이것이 기선의 저주라며 두려워했다. 기선은 과연 체내에서 생성되는 생물을 흉포하게 만드는 방법을 알아내고 자살한 것일까? 그게 아니라면 아직 밝혀내지 못한 모종의 이유가 겹쳐 우연히 벌어진 사건일까? 원인을 알아낼 방법은 없었다. 가족들은 죽기 직전의 감정이나 조건에 따라 생물의 생태가 변하는 게 아닐까 추측할 뿐이었다.

정유의 할아버지가 죽자 장남인 정유의 아버지가 자연스레 소씨 가문의 가장이 되었다. 정유는 이번 사건을 계기로 가문에 변화가 찾아오지 않을까 기대하기도 했다. 죽음의 부산물을 판매하는 그릇된 체계를 주도하던 할아버지가 사라졌지 않은가. 먼 과거부터 이어진 악습이라곤 하지만 이제부터라도 바꾸면 될 터다. 자신들은 이미 너무 많은 피를 보았고, 죽음이 남기는 것에 집착하는 한 그런 일은 언제라도 다시 일어날 수 있으리라. 정 수산물로 돈을 벌고 싶다면 일반적인 경로로 고기를 구해와 남들처럼 떳떳하게 팔면 되지 않겠는가. 정유는 슬그머니 아버지를 떠보며 의견을 피력했고, 자신이 너무 형편 좋게 생각하고 있었음을 깨달았다.

역시나 아버지는 할아버지의 핏줄이었다. 아버지는 이번 사건으로 사망한 모든 이의 시체를 수조에 집어넣고선, 잉태된 수산물을 어김없이 판매하기 시작했다. 비단 아버지뿐만 아니라 가문의 다른 사람들도 이 편리한 체계를 포기할 생각이 없었다. 무슨 수를 쓴 건진 몰라도 한 저택에서 사람이 이렇게나 죽었는데 기사 한 줄 찾아볼 수 없었다. 어린 정유에게 굳이 알리지 않았을 뿐, 소씨 가문에는 사건을 은밀하게 덮는 힘이 있는 게 분명했다. 지하실에 무수한 세대의 시체가 안치되어 있는 것만 봐도 알 수 있듯이.

정민은 곰치의 늪을 뒹굴며 기선의 시체에 직접 바닷물을 뿌렸음에도 여전히 소가수산에 머물렀다. 다른 사람이 죽는 걸 눈앞에서 보고도 어떻게 저럴 수 있을까? 아무 관련 없는 타인이 아니라 가족이 죽었는데도. 이미 무수한 죽음을 이용해왔으니 이 정도 죽음으로는 와닿는 게 없는 것일까? 정유는 이 집안에서는 생명의 무게가 한없이 가벼워진다는 느낌을 받았다. 죽음 따위로는 아무것도 바꿀 수 없다. 마음에 상처를 입힌 이들 앞에서 스스로 배를 가른다 한들. 자신이 아닌 존재의 죽음은 생각 이상으로 무가치하며, 힘없는 자의 죽음은 사망자 통계에 숫자 하나를 올리는 사건에 그친다. 스스로 행한 죽음은 이토록 공허하다. 그야말로 죽음 그 자체처럼.

정유는 직감했다. 이곳엔 결코 변화가 없으리라고. 그는 이곳에서 벗어나기로 마음먹고 성인이 되자마자 집을 떠났다.

* * *

아버지의 시체를 확인한 정유는 곧바로 지하실에서 나왔다. 지금도 지하실 어딘가에 누워있을 기선과 기선의 딸, 할아버지와 당시 죽은 사람들을 바라보는 순간 토악질을 참을 수 없을 것 같았다. 지하실을 벗어나 복도로 나오자마자 눈에 들어오는 것은 바닷물을 담은 병. 소화기를 흉내 내어 복도 곳곳에 배치된 저것은 곰치 사건 이후로 만들어진 물건이다. 만일 누군가의 죽음 이후 흉포한 생물이 폭발적으로 발생했을 때, 저것을 이용해 막으라는 것이다. 저택은 악습을 강화하는 방향으로만 굳어지는 듯했다. 그는 은은하게 흐르는 비린내와 바다 냄새를 피해 자신의 방으로 돌아갔다. 아무도 없는 곳으로 오니 속이 편해진다.

부친상을 이유로 3일의 휴가를 냈다. 정유의 회사는 경조사 휴가 제도가 없어 연차를 소모해야 했다. 본래 5일의 휴가를 쓰려 했으나 일이 많다는 이유로 거절당했다. 임시 팀장은 말했다. 주말까지 합치면 5일을 쉴 수 있으니 괜찮지 않느냐고. 이렇게 5일을 쉬게 해주는 것조차 대단한 특혜라는 양 구는 임시 팀장의 말을 듣자 정유는 설득을 포기해버렸다.

떠나는 기차는 내일 오후. 이 불쾌한 집에서 오래 머무를 마음은 없었다. 분명 장례식도 하는 둥 마는 둥 후다닥 해치우고 곧바로 아버지를 수조에 넣었으리라. 이 집안이 남들처럼 며칠에 걸쳐 장례를 치른 역사는 없었다. 시신에 감춰진 비밀을 숨기기 위해 서둘러 안치하던 관행이 계속 이어진 탓이다. 죽음은 좀 더 엄숙하게 다뤄져야 하는 것이 아니던가? 시체를 이용해 생계를 유지한 집안이라 죽음이 얼마나 중한지 다들 모르는 건 아닐까? 하긴 정유도 집안사람들을 탓할 입장은 아니었다. 처음 자살을 고민한 날을 상기하자 경미한 현기증이 일었다.

수조에 갇힌 아버지는 행복할까? 자신의 죽음이 가문의 부를 불리는 데 도움이 된다는 사실이 만족스러울까? 알 수 없는 건 물론이거니와 짐작조차 되지 않았다. 정유는 새삼 아버지라는 인물이 어떤 사람인지 조금도 알지 못했다는 걸 깨달았다. 그에게 아버지란 괴악한 가업에 앞장선 애증의 존재에 불과했다. 사랑하긴 하지만 남들이 가족을 아끼는 만큼 사랑하는지는 모르겠다. 아버지가 죽었단 사실보다, 아버지의 죽음에 보다 슬퍼할 수 없다는 사실이 더 서글펐다.

안 돼. 생각을 멈춰야 한다. 생각을 제때 끊지 못하면 잡념은 정답 없는 질문이 되고, 근거 없는 걱정이 되어, 출구 없는 우울로 화한다. 신경을 다른 곳으로 돌리자. 정확한 기차 시간이 언제더라? 정유는 예매한 승차권을 확인하려고 스마트폰을 들었다가 얼굴을 굳혔다. 회사 사람이 메시지를 보낸 것이다. 그는 잠시 머뭇거리더니 메시지를 읽지 않고 팝업 알림을 지워버렸다. 겨우 편해진 속이 재차 시큰거렸다. 스트레스성 위염이 재발한 것일까? 이번 휴가 땐 꼭 병원에 들러야겠다 생각하며 정유는 침대에 드러누웠다. 새하얀 매트리스가 마치 소금 언덕처럼 느껴졌다. 집 안의 모든 것이 소금기에 절여졌을지도 모른다.

정유는 눈을 끔뻑거렸다. 아직 해가 지지 않았는데도 눈꺼풀이 무거웠다. 불면증이 생긴 이후 잠에 들어야 하는 시간엔 잠들 수 없었고, 자선 안 되는 시간에 수마가 몰려오곤 했다. 정유는 지금 침대에서 일어나지 않으면 잠에 빠질 걸 알면서도 끝내 일어나지 못했다.

정유를 깨운 건 정민이었다. 저녁 먹을 시간이 다 되었다며 찾아온 것이다. 스마트폰을 확인하니 대략 3시간을 잔 모양이다. 부재중 전화가 두 통 있었다. 아까 메시지를 보낸 회사 사람의 전화였다. 어차피 6시를 넘겼으니 퇴근 시간이다. 정유는 무시하고 침대에서 일어섰다. 분명 잠을 잤건만 피곤은 배로 불어난 기분이었다. 무언가 꿈을 꾼 것 같았으나 기억이 흐릿했다. 정유는 매무새를 정돈하고 식당으로 향했다.

상석에 앉아있는 것은 영자였다. 늘 식탁 구석에 있던 어머니가 제일 잘 보이는 자리에 앉아있는 것이 묘하게 어색했다. 영자 자신은 늘 그래왔다는 듯 자연스럽게 앉아있었지만. 정유는 음식을 훑어보았다. 반찬의 가짓수만 수십이었지만 수산물을 이용한 요리는 없었다. 식욕이 없어 샐러드만 집어먹고 있던 그에게 불쑥 질문이 날아왔다.

"정유는 회사 다닌댔지? 일은 할 만하니?"

"그럭저럭요."

사촌 언니가 물꼬를 틀자 다른 친척들도 정유에게 질문을 내던지기 시작했다. 뭐 하는 회사니? 그냥 스마트폰에 들어가는 부품 만드는 회사예요. 무슨 일을 하는 거니? 원래 품질팀에서 제품 관리하다가 자재관리팀으로 부서 이동해서 제품 출하 담당하고 있어요. 회사 비전은 있냐? 잘 모르겠어요. 외지에서 혼자 사는 거 힘들지 않니? 지금은 나름 적응했어요. 다시 여기 올 생각은 없어? 전혀 없습니다. 대학은 나왔던가? 2년제 나왔어요, 세무회계과. 세무회계인데 지금 자재관리팀에 있는 거야? 어쩌다 보니요. 거기가 두 번째 회사던가? 세 번째요. 너 몇 살이었지? 스물다섯이에요.

"어린데 너무 이직 많이 하면 다들 안 좋게 본다. 회사 다닐 거면 몇 년은 꾸준히 있어 줘야 이 사람이 그래도 끈기 있고 성실하구나, 한단 말이야. 조금 일했다가 바로 관두고 그러면 다음에 회사 옮길 때 힘들어져!"

누군가 조언을 가장한 설교를 시작하자 질문은 잔소리로 변질되었다. 정유는 회사 운이 지독하게 없는 편이었다. 학교 추천으로 입사한 첫 번째 회사는 사수의 성추행이 계속되어 6개월 만에 관두었다. 두 번째 회사는 경영 악화로 급여가 밀리는 바람에 1년을 조금 넘기고 퇴사. 돈에 쫓기기 시작한 것도 이 시점부터였다. 지금 회사가 세 번째라고 답하긴 했으나 두 번째 회사 이후로 무려 여섯 군데를 거치고서야 정착한 곳이었다. 여섯 군데 중 딱 한 곳은 일이 끔찍하게 힘들어서 일주일 만에 관두었고, 나머지 다섯 곳은 사람들이 텃세를 부리거나 시답잖은 일로 괴롭히는 등의 마찰이 잦아서 한 달도 못 채우고 관두고 말았다. 이런 회사는 이력서에 적지도 않았기에 지금 회사가 세 번째라는 것도 아주 틀린 말은 아니었다.

잔소리가 차곡차곡 쌓인다. 정유는 그간 자신이 무슨 꼴을 겪었는지 구구절절 풀어놓고 싶은 충동이 일었으나 입을 다물었다. 이들의 목적은 정유를 위한 조언을 하는 게 아니라 그저 스스로 하고 싶은 말을 늘어놓는 것에 불과하니까. 만약 정유가 지금 당장이라도 퇴사하고 싶다고 속내를 털어놓는다면, 집으로 돌아와 가업을 도우라는 대답이 돌아올 뿐이다. 그는 빨리 화제가 바뀌길 바라며 묵묵히 앉아 있었다.

　마침내 좌불안석의 저녁이 끝났다. 정유는 상쾌한 기분으로 방에 돌아왔지만, 스마트폰을 보자마자 얼굴이 일그러졌다. 회사 사람의 전화가 걸려온 것이다. 시간은 9시. 정유는 한숨을 한 번 쉬고는 전화를 받았다.
　"야, 미안하다. 바쁘니?"
　영업구매팀의 최 부장이었다. 그는 전혀 미안하지 않은 목소리로 물었다. 정유는 무신경하게 대꾸했다.
　"아뇨. 말씀하세요."
　"별건 아니고 내일 아침에 출하해야 하는 게 있는데 라벨 때문에."
　최 부장은 제품에 따른 라벨의 종류를 묻더니만 별안간 투덜거리기 시작했다.
　"너 없어서 내가 고생한다, 야. 내 업무도 아닌데 이 시간까지 이러고 있어! 빨리 돌아와. 나 죽겠어!"
　"하하……. 다음 주에 뵙겠습니다."
　정유는 소리치고 싶은 심정을 목구멍 아래로 억눌렀다. 최 부장은 몇 번의 투정을 더 내뱉더니 이내 끊어버렸다. 회사 생각이 정신을 어지럽히자 가슴이 답답해졌다. 그는 신경질을 내며 침대로 스마트폰을 내던졌다.

정유의 회사 '천도테크'는 설립 10주년을 맞이하는 중소기업이다. 그가 이 회사에 다닌 지 2년이 조금 넘었다. 작년까지는 몹시 만족스러웠다. 품질팀 소속으로서 생산된 제품을 관리하는 업무는 적성에도 맞고 그리 어렵지도 않았다. 함께 일하는 직원들과의 사이도 좋았고, 팀장도 친절했다. 비록 급여는 많지 않았지만 끼니를 잇지 못하는 일은 없었다. 그동안 돼먹지 못한 회사만 전전한 보상을 받는다 느낄 정도로 그는 이 회사가 마음에 들었다.

상황이 바뀐 건 올해부터였다. 기존 대표 이사가 건강 악화로 회사를 떠나고 새로운 대표가 취임한 것이다. 새 대표는 취임하자마자 이전 회사에서 알고 지내던 '자기 사람들'을 회사에 하나둘 꽂아 넣었다. 실무도 모르면서 지적을 일삼고, 업무 체계에 불필요한 과정을 추가하는가 하면, 과도하게 많은 회의를 도입했으며, 이해할 수 없는 업무를 떠넘기는 통에 기존 직원들은 서서히 회사를 떠났다. 자재관리팀의 팀장과 팀원이 모조리 퇴사한 것도 새 대표가 원인이었다. 회사는 신규 직원을 뽑으려 했으나, 새로 들어온 사람은 사수가 없는 상황을 견디지 못하고 모두 도망치기 일

쏟였다. 결국 회사는 품질팀 소속이던 정유를 자재관리팀으로 부서 이동시키고 공석을 메꾸려 했다. 제안으로 위장한 강요를 들이밀면서.

새 대표는 3시간에 걸친 면담으로 정유를 설득하려 애썼다. 결국 정유는 부서 이동을 수락하면 연말에 두둑한 상여금을 지급하겠다는 대표의 말에 넘어가고 말았다. 급여와 상여금을 합치면 지고 있는 빚을 거의 다 갚을 수 있었기 때문이다. 그는 대표에게 몇 번이고 상여를 지급한다는 다짐을 받은 뒤 근로 계약서를 새로 작성하였다. 지금도 정유는 그게 과연 최선의 선택이었을까 의문을 품곤 했다. 일하는 날은 물론이거니와 휴일에도 퇴사 충동이 거세게 일었다.

조용한 밤은 잡념이 싹트기 가장 좋은 환경이다. 마음이 불안해지면 신경질적으로 가구의 틈새나 이불 밑을 확인하곤 한다. 보이지 않는 곳에서 곰치가 튀어나올 것 같아 무섭다고 누군가에게 털어놓으면 비웃음이나 살 터. 자신이 짊어지고 있는 괴로움은 온전히 자신의 몫이다. 그 괴로움의 성질을 누군가 이해할 수도 없을 뿐더러, 그 무게를 남과 나누는 것도 불가능하다. 설령 누군가 갑자기 부서가 바뀌어 혼동스러운 상황을 이해해준다 한들, 시체에서 수산물이 나오는 집안의 괴로움을 이해해줄 순 없는 노릇. 정유는 온전히 자신의 몸을 맡길 공간이 어디에도 없음을 깨달았다. 지하실 수조에 갇힌 시체보다 나을 게 하등 없다.

생각이 계속해서 샘솟는다. 죽는 순간 생물을 내놓게 될 자신은 몸 깊은 곳에 바다를 가지고 있는지도 몰랐다. 그 바다는 예고 없이 차올라선 호흡을 앗아갔다. 숨이 가빠진 정유는 가슴을 두드리며 호흡을 가다듬으려 했으나 상태는 나아지지 않았다. 그는 서서히 스스로의 바다에 잠겨갔다.

"뭐 있으면 여기로 찾아가면 되냐? 야, 그래도 명함도 있고 멋있네!"

집을 나서기 전 정유는 가족들에게 명함을 건넸다. 부서가 변경되면서 받은 명함은 정유 인생 최초의 명함이었다. 정민은 여동생의 명함이 신기한 듯 이리저리 살펴보고 있었다.

"사실 난 네가 좀 부럽다. 이렇게 자기 갈 길 스스로 찾아서 혼자 어엿하게 살고 있고. 네가 나보다 나은 거 아냐?"

정유는 자기 갈 길 따위 모른다고, 어엿하게 사는 법이 있으면 알려달라고 받아치고 싶었지만 관두었다.

괜한 화풀이 대신 장난기를 담아 말한다.

"그걸 이제 알았어?"

"하여간."

정민이 입꼬리를 올리며 웃는 사이 영자가 다가왔다.

"떠난다니 아쉽네. 좀 더 있다 가지. 힘들면 언제든 다시 찾아와. 네가 돌아올 자리는 항상 남아 있으니까."

영자는 딸의 손을 꼭 쥐었다. 정유는 그 손을 뿌리치고 싶은지, 힘을 주어 마주 잡고 싶은지 알 수가 없었다. 정유가 곧장 떠나려 하자 정민이 끼어들었다.

"소매역까지 태워줄게."

"뭐? 됐어. 그냥 버스 타고 갈래."

"태워준다니까. 어차피 지금 가게 쉬니까 나 한가해."

정유는 한사코 거절할 생각이었지만 영자까지 합세해 타고 가라 권유하니 차마 거부할 수가 없었다. 그는 다시 소가수산의 탑차에 올랐다. 탑차에 타자마자 짠 내음이 풍겼다. 정유가 얼굴 앞을 손으로 휘저으며 투덜거렸다.

"이거 세차하긴 하는 거야? 냄새가 지독해."

"가게에서 쓰는 거니까 어쩔 수 없어. 당장 뒤에 바닷물 담아둔 수조가 실려있기도 하고."

"어쩐지."

그걸 의식하니 짐칸에서부터 바다 냄새가 훅 끼쳐오는 듯싶었다. 정유는 창문을 내려 바깥을 바라봤다. 가슴까지 내려오는 머리카락이 바람에 나부꼈다.

"어제는 미안했다. 네가 역시 돌아올 마음이 없다는 건 잘 알았어."

정민은 앞을 바라본 채 대뜸 말했다. 집으로 돌아오라고 끈질기게 권유한 것이 마음에 걸린 모양이다.

"됐어. 어차피 가족들 다 그러는데 뭐."

"네가 집을 나간다 할 때 얼마나 놀랐는지 알아? 난 이 집안에서 태어나서 이 집안에서 자란 사람이라면 누구나 그 생선 가게에서 일해야 한다고 생각했거든. 네가 그걸 보란 듯이 무시해버리니까 차라리 통쾌하더라."

"덕분에 아버지는 없는 자식 취급하셨지만."

"아버지는 워낙 완고하신 분이었잖아. 아무튼 이왕 나가서 사는 거 앞으로도 열심히 하고. 좋은 데 있으면 알려줘. 나도 사회생활이란 것 좀 해보게."

"오빠는 나보다 먼저 사회생활 시작했잖아."

"그래봤자 가게 정리랑 손님맞이에 불과한걸. 거래처에서 우리 가게에 없는 생선 받아오는 일 같은 건 삼촌들 몫이고."

정민은 말을 마치더니 한숨을 쉬었다. 자신도 모르게 정유는 언제나 궁금했지만 밖으로 꺼내진 않았던 질문을 불쑥 내던졌다.

"오빠도 우리 집안이 옳다고 생각해?"

정민은 입을 다물어버렸다. 정유는 그토록 긴 침묵을 유지하는 오빠를 본 적이 없었다. 역시 이런 질문은 혼자 가지고 있는 게 나았는데. 정유는 괜한 말을 했다 생각하며 입술을 깨물었다. 탑차가 소매역에 거의 다다랐을 즈음에야 정민은 입을 열었다.

"작은아버지 돌아가셨을 때 말이야. 마지막에 하셨던 말이 도무지 잊히질 않아. 이 모든 게 영원할 거라 생각하지 말라고 하신 거. 그냥 그 말대로였으면 좋겠어. 내가 하는 일. 우리 집안이 하고 있는 일 다 영원하지 않았으면 좋겠어."

"그게 되겠어? 나는 사실 우리 집이 바뀌지 않을 거라고 생각해서 집을 나온 건데."

"모르지. 그냥 버티다 보면 뭔가 기회나 계기가 오지 않을까? 지금은 그냥 막연히 그러고 사는 것 같아.

올지 안 올지도 불확실한 무언가를 기다리면서."

"그런 건 너무 오래 걸리지 않을까?"

"나도 가능하다면 지금 당장 바꾸고 싶어. 솔직히 예전엔 시체에서 나온 생선 파는 것이 그렇게 큰 문제인가 싶었어. 시체 그 자체를 파는 것도 아니고 어쨌거나 제대로 살아있는 생선이니까. 하지만 작은아버지 돌아가시고 그 곰치 떼를 헤집고 다닐 때 깨달았다. 이런 행위가 옳을 리 없다고. 비록 내가 지금은 힘이 없어서 잠자코 있지만 언젠가는 우리 집안을 뜯어고치려고 해."

자신 말고도 이 가업에 반대하는 사람이 있을 줄이야. 정유는 시체에서 수산물이 나오는 광경을 처음 봤을 때처럼 놀라며 말했다.

"오빠가 그런 생각을 하는 줄 몰랐는데."

"아무에게도 말 안 했으니까. 대놓고 반항하는 너니까 말하는 거지. 뭔가를 바꾸려면 우선 그것을 다 꿰뚫고 있어야 하잖아? 그래서 지금은 잠자코 일을 거들고 있는 거야."

"나한테 어제 그렇게 권유했던 것도 그래서였어?"

"그래. 계속 집에 반항했던 너라면 가업을 뒤집는 데 큰 도움이 되지 않을까 해서. 돌아올 마음이 없다면 어쩔 수 없지만. 아무튼 잘해보자. 나는 안에서, 너는 밖에서 노력하다 보면 우리 집도 바뀔 날이 올 거라 생각해."

정민은 털털하게 웃었다. 늘 멍청해 보이던 그 미소가 오늘은 퍽 봐줄 만했다. 어쩌면 자신의 괴로움을 온전하게 이해해줄 수 있는 유일한 인물이 바로 옆에 있는지도 몰랐다. 똑같은 환경에서 자라 가문의 악습에 반감을 품고 있었으니. 그렇다고 불쑥 고민이나 괴로움을 털어놓을 마음은 추호도 없었다. 정유는 수조 밖으로 향하는 이들이 늘어나 가업이 메마르고, 그 끔찍한 지하실이 텅 빌 날이 오길 바라며 한 마디를 툭 던졌다.

"말은 잘해."

탑차는 역과 가까운 도로변으로 진입했다. 창밖을 물끄러미 바라보던 정유의 시선은 소매역 광장으로 향했다. 광장 중앙의 소라 모양 분수 주변으로 사람들이 몰려 있었다. 차림새를 보아하니 인부들인 듯싶었다.

"저기 뭐 공사하나?"

"아, 저기 분수 있잖아. 낡아서 물이 나왔다 안 나왔다 하는 모양이야. 아예 치워버리고 새로운 걸 설치한다고 하던데."

정유가 중얼거리자 정민이 답해주었다. 만일 분수 테두리에 무언가를 놔두고 5년 뒤에 찾아오면 그것은 분수와 함께 통째로 사라져 있었으리라. 그런 상상을 하니 정유는 괜히 웃음이 나왔다. 그는 모든 게 영원할 거라고 생각하지 말라는 기선의 유언을 곱씹었다. 기어코 끝은 찾아올 것이다. 그게 무엇이든 간에.

"오빠, 태워다줘서 고마워."

"그래. 잘 지내라. 안 찾아와도 되니까 가끔씩이라도 연락해."

"오빠야말로."

두 사람은 주먹을 쿵 부딪쳤다. 고향을 방문하고 내내 오그라들었던 마음이 비로소 풀어진 기분이 들었다. 지독하게 풍기던 바다 냄새 대신 상쾌한 공기가 주변을 부유했다. 아무것도 해결된 것은 없다. 아버지가 죽었다고 해서 가업이 멈추는 건 아니며, 정민이 과연 집안을 뒤집을 수 있을지는 미지수다. 정유를 둘러싼 사회는 여전히 매섭고 그의 몸에 들어찬 바다는 바깥을 적실 기회만 엿보고 있었다. 그럼에도 정유의 발걸음이 전날보다 가벼웠다는 건 분명했다.

* * *

  보다 빠르게 현재를 바꾸고 싶다는 욕망은 그릇된 판단을 이끌어내기 마련이다. 성급한 판단이 불러오는 변화는 늘 부정적이며, 무수했던 선택지를 삽시간에 줄여버린다. 늘 퇴사를 고민하는 정유가 끝내 사직서를 내지 못하는 이유도 여기에 있었다. 그는 지금 당장 돈이 필요했다.

  가족에게도 말한 적이 없지만 그는 사실 사기를 당한 적이 있었다. 두 번째 회사를 관두고 다른 회사를 찾아보던 도중 대학교 동기에게서 연락이 온 것이다. 동기는 창업을 위해 퇴사를 결심했고, 동업자를 찾는 중이라고 했다. 그는 대학 시절부터 똘똘했던 정유와 함께라면 잘할 수 있을 것 같다며 동업을 제안했다. 정유는 그 말에 넘어가고 말았다. 대학 때 제일 많이 어울리던 친구의 제안. 심지어 그런 친구가 자신을 인정해주고 있었다. 언제나 사회생활의 밑바닥에서 압박만 받고 있던 자신을 말이다. 여유 자금이 없던 정유는 사금융업체에서 빌린 돈을 친구에게 넘기고 말았고, 다시는 그와 연락이 닿지 않았다.

  억울한 빚을 잔뜩 지게 되었으나 정유는 결코 가

족에게 도움을 요청하지 않았다. 불순한 가업으로 번 돈을 자기 편하자고 쓰는 건 용납할 수 없었다. 정유는 급여의 대부분을 빚을 갚는 데 사용했다. 빠르게 빚을 갚지 않으면 이자가 늘어날 뿐이니까. 덕분에 여윳돈 따위는 구경도 할 수 없었다. 이런 상황에서 위험을 무릅쓰고 퇴사하기란 불가능했다. 조금이라도 돈벌이를 소홀히 하는 순간 그는 굶주릴 게 뻔하다. 통장에 찍힌 '0'이란 숫자는 죄다 다른 누군가의 지갑으로 향하는 구멍이 분명했다.

만일 돈 문제가 없었다 하더라도 퇴사가 가능했을까? 자신이 이곳에서 나간다고 해서 무엇을 할 수 있단 말인가? 자신은 이렇다 할 학벌도 경력도 없는데. 퇴사해봤자 비슷한 기업에 이직해 거기서 거기인 업무만 하는 꼴일 터다. 새로운 사람을 만나 애써 웃으며 친해지고, 새로운 업무를 익히는 수고만 더해질 뿐. 이 지루하고 끔찍한 일상에 획기적인 변화가 오는 것도 아닌데 그런 고생을 감수하고 싶진 않았다.

그렇다면 그 획기적인 변화를 이끌어낼 방법이 있나? 아예 다른 분야에 도전하기엔 너무 늦은 감이 있다. 심지어 자신에게는 이렇다 할 재능조차 없다. 꿈도, 취미도, 가진 것도 없이 마냥 그 집안에서 벗어나기 위해 살아왔을 뿐이다. 환경을 바꾸려면 역시 대기업에 취직해야 할까? 하지만 정유는 수 차례 대기업에 도전했다가 늘 고배를 마시곤 했다. 잠을 줄여가며 공부하고 자격증도 여럿 취득했지만 별 도움은 되지 않았다. 그렇다고 더욱 노력하기엔 힘이 부쳤다. 남들은 당연하다는 듯 가지고 있는 의지와 힘이 자신에게는 결여된 모양이다.

잇따른 실패는 걸음을 앞으로 뻗는 것조차 방해한다. 좋은 기업을 향한 도전은 매번 낙방. 가까스로 들어간 여러 회사는 기본적인 틀조차 갖추지 못했다. 견디지 못하고 퇴사했다가 더 안 좋은 기업에 가게 된다면? 요즘 같은 불경기에 아예 일자리를 구하지도 못하고 굶주린다면? 경험에 근거한 걱정은 가능성의 영역에서 예지의 영역으로 넘어가고 만다. 정유는 실제로 그런 일이 벌어질 것이라는 양 두려워했다. 끝내 이런 회사에 평생 묶여있을지도 모른다고 생각하니 관자놀이가 욱신거렸다.

고향에서 돌아오자마자 그를 반긴 것은 고객사로부터 걸려온 항의 전화였다. 휴가 전 출하한 제품에 품질 문제가 발생한 모양이었다. 반송을 위한 절차를 정확히 알고 있는 사람은 회사에서 정유뿐이었고, 그는 졸지에 급여도 받지 못하는 재택근무에 돌입해야 했다. 가까스로 일을 마무리했는가 싶으면 최 부장의 연락이 오고, 겨우 통화를 끊으면 고객사로부터 문의 메시지가 오고, 답변을 보내자 새 대표에게서 전화가 걸려왔다. 정유는 차라리 스마트폰을 부숴버리고 싶었다. 기술이란 건 왜 이다지도 발전해서 휴일에도 쉬질 못하게 만드는지. 머리를 쥐어뜯으며 회사에 시달리다 보니 어느덧 휴가는 끝을 바라보고 있었다.

정유는 이번 휴가가 인생 최악의 휴가였음을 인정했다. 물론 그동안 악독한 회사만 전전하는 바람에 휴가 자체를 제대로 즐겨본 적은 없었지만. 애초에 아버지가 돌아가신 상황에서 마음 놓고 휴가를 누리고 싶은 마음도 없었다. 회사와 고객사의 연락은 그마저도 훼방을 놓았다. 집에 틀어박혀 생각에 잠길 시간조차 주지 않겠다는 듯. 이번 휴가에서 의미 있는 일이라곤 병원에 간 것 정도였다. 스트레스성 위염, 수면 장애, 불규칙한 생리, 만성 피로, 안구 건조증, 긴장성 두통……. 증상이 워낙 많아서 스스로 헤아리기도 힘들 정도였다.

그러고 보니 정신과에도 들러서 상담을 받았어야

했을까? 정유는 잠시 고민했으나 관두었다. 이 정도로 정신과는 무슨. 가문의 일은 비밀로 해야 하니 상담 자체가 불가능하다. 회사 때문에 발생하는 스트레스는 현대인이라면 누구나 가지고 있는 것이 아니던가. 이런 사소한 일로 정신과에 가봤자 병원만 당혹스러울 터였다. 그런 곳에 다닌다는 사실을 누군가 알았다간 서로 곤란해질 수도 있고 말이다. 비록 사기를 당하고 빚만 졌을 땐 죽음이 매력적인 선택지로 느껴지긴 했으나, 실제로 자살 기도를 하진 않았다. 생각이 들끓어 불면이 심하지만 모두가 잠이 없는 시대니 대수로운 일은 아니다. 스스로의 몸에 상처를 입힌 적도 없고, 우울에 빠져 몇 시간이고 운 적도 없다. 지각이나 결근 없이 회사도 정상적으로 다니고 있다. 자신은 괜찮을 터였다.

그래, 분명히.

정유가 유일한 팀원인 자재관리팀의 사무실은 자재 창고 구석에 마련되어 있었다. 사무실이라 해봤자 칸막이조차 없이 책상과 컴퓨터만 놓여 있는 자리다. 창고 문을 열면 바로 모니터가 보이는 구조라 단연 최악의 자리였다. 심지어 창고 문은 여는 소리도 거의 안

나서 방심하는 순간 누군가의 출입을 알아차리지도 못한다.

정유를 괴롭히는 요소는 늘 다채롭게 퍼져 있었다. 업무적으로 유독 괴로운 것은 사수가 없다는 점이었다. 기존 자재관리팀의 직원이 모조리 퇴사하면서 급하게 부서 이동하는 바람에, 그에게 업무를 알려줄 사람이 없었다. 그나마 업무적으로 밀접한 관련이 있는 영업구매팀의 최 부장이 임시 팀장의 역할을 하긴 했지만, 그 역시 자재관리팀의 정확한 업무는 알지 못했다. 모르는 일이 발생하면 전임자의 파일을 몇 시간이고 뒤지며 자료를 찾거나, 퇴사자에게 연락하는 수밖에 없었다. 일부 퇴사자는 너무 자주 질문해서 그런지 더는 연락을 받지 않았고, 겨우 연락이 닿았다 해도 제대로 된 대답을 얻는 경우는 없었다. 막막한 벽에 부딪힐 때마다 정유는 먼저 떠난 그들이 원망스러웠다. 때로는 스스로만 생각하며 훌쩍 떠난 그들이 부러워지기도 했다. 권력이 없는 자의 책임감은 고스란히 부담으로 화한다.

고객사가 사정을 봐줄 리 없었다. 전임자에게 제대로 된 인수인계를 못 받았어도, 업무를 도와줄 팀원들이 없어도 현재 담당자는 정유였다. 그는 업무를 파악하기 전까지 종일 항의 전화와 메일에 시달렸다. 물론 고객사만 그를 괴롭히진 않았다. 자재관리팀은 회사에서 생산한 모든 완제품과 제조에 쓰이는 원자재 일부를 관리하는 부서다. 따라서 회사 대부분의 부서가 자재관리팀을 찾아와 일거리를 던져주곤 했다.

영업관리팀의 최 부장은 출하 날짜를 일러주며 포장을 지시하곤 했는데, 촉박한 출하 시간을 맞추려 밤새 포장하느라 3, 4시간밖에 못 자는 일이 종종 있었다. 바쁘지 않을 땐 최 부장도 일을 거들어주곤 했으나, 고객과 만나기 위해 외근이 잦은 그에게 도움을 바라는 건 어리석은 생각이었다. 곤란한 일이 생겼을 때도 그에게 도움을 요청해서 잘 해결된 적은 한 번도 없었다.

품질팀의 신 대리는 아직 검사를 끝내지 못한 제품이 섞여 들어갔다며, 포장을 마친 상자를 모조리 뜯어놓는 게 특기였다. 물론 다시 포장하는 건 정유의 몫이었다. 신 대리는 정유가 품질팀에 있을 적부터 같잖은 추파를 던지곤 했다. 하루는 회식 때 거나하게 취한 신 대리가 정유에게 불쑥 말했다. 당신도 나 좋아하는 거 다 안다고. 기가 찬 정유가 왜 그렇게 생각하냐고 묻자 튀어나온 대답이 가관이었다. 정유가 자신을 향해 매일 웃어주었단 것이다. 정유는 가까스로 욕설을 참고 점잖게 그를 타일렀다. 애인도 있는 사람이 이러지 말라고. 그러자 별안간 신 대리는 애인의 뒷담화를 늘어놓기 시작했다. 더욱 끔찍스러운 건 만취한 신 대리가 그날의 일을 전혀 기억하지 못한다는 것이었다. 신 대리는 여전히 정유에게 추파를 날린다.

품질팀의 양 주임은 정유보다 두 살이 어리다. 특성화고 출신인 그는 고등학교 시절 실습생으로 이 회사에 왔다가 졸업과 동시에 정규직으로 전환되었다고 한다. 양 주임은 사원 신분인 정유에게 스스럼없이 일을 맡기곤 했다. 그는 늘 정유에게 반말로 지시했는데, 그 이유를 넌지시 물어보자 이런 답이 돌아왔다. 내가 당신보다 상사니까 반말하는 게 당연한 거 아닌가? 정유는 그날 이후 양 주임과 업무 이외의 대화는 단 한마디도 나누지 않기로 결심했다.

제조팀의 이 부장은 창고에 들어올 때마다 문을 어찌나 세게 여는지, 문짝이 떨어지진 않을까 걱정스러울 지경이었다. 그는 주로 원자재를 가지러 찾아오는데, 창고에 쌓인 원자재를 확인한 뒤 항상 정유를 윽박질렀다. 원자재 관리 방법이 잘못되었다면서. 전임자들이 있을 땐 이런 일이 없었다며 퍼붓는 욕설을 듣고 있으면 정유는 스스로가 깎여나가는 기분이 들었다. 그 잘난 전임자들이 한꺼번에 퇴사하고 방법을 알려주지도 않아서 이 모양이라는 고함이 혀 밑에서 맴돌았다. 정유가 살면서 들은 욕설의 절반은 이 부장의 입에서 나온 것일 터다.

제조팀의 민 차장은 얼핏 보면 정말 친절하다. 늘 사람 좋은 웃음을 달고 다니고 정유를 힘들게 한 적도 없었다. 가끔씩 사비를 들여 회사에 음식이나 음료를 돌리기도 한다. 정유도 그에게 음료를 몇 번 받은 적이 있었는데, 이상하게도 뚜껑이 모두 열려있는 게 아닌가. 처음 뚜껑을 돌릴 때 으레 느껴지는 저항 없이 부드럽게 열리는 것이다. 그게 너무 꺼림칙하여 정유는 민 차장이 주는 음식은 몰래 버리게 되었다.

새 대표는 한가할 때마다 회사 전체를 돌아다니며 직원들을 감시하는 게 취미였다. 그는 인기척이 없기로 유명했다. 낌새가 이상해서 창문을 보니 대표가 아무 말 없이 자신을 바라보고 있었단 경험은 직원 누구나 한 번씩은 겪어봤을 정도다. 정유의 경우엔 특히 심했다. 자재 창고는 문 여는 소리가 거의 안 나므로 대표가 몰래 들어오기엔 최적의 환경이었다. 정유가 업무에 집중하느라 화면만 바라보고 있을 때, 대표가 불쑥 어깨에 손을 올려 화들짝 놀랐던 일은 셀 수도 없었다. 대표의 손은 안마라도 하는 양 움직이면서 정유의 쇄골에 닿은 후에야 떨어지곤 했다.

정유가 불편하게 느끼는 대부분의 남성이 대표가 데리고 온 사람들이었다. 야근과 휴일 특근은 일상다반사. 식사도 제대로 못 하는 나날을 거치며 업무는 서서히 손에 익었지만 사람을 대하는 건 여전히 괴로웠다. 일이 힘든 건 참을 수 있어도 사람이 힘든 건 참을 수 없다는 말을 정유는 비로소 실감했다. 어느 날 체중계에 올라갔다가 5킬로그램이 빠진 걸 본 정유는 따로 다이어트는 필요 없겠다며 픽 웃었다.

예고 없이 코피가 흐르자 정유는 휴지를 한 움큼 뽑았다. 일을 멈추고 부랴부랴 화장실로 달려갔다. 아무도 없는 복도에 정유의 발소리만 울렸다. 피가 멎기를 기다렸다가 얼굴에 물을 끼얹은 그는 거울을 바라봤다. 어찌나 초췌한지 그를 노리던 귀신도 표정을 보고선 달아날 것만 같았다. 차라리 귀신이 나타나길 바랄 만큼 밤은 고요했다. 정유는 핏발이 선 거울 속의 눈을 바라보았다. 눈은 충혈되었고 코에선 피가 흘렀으니 이제 입과 귀의 차례일까? 지금처럼 제대로 된

휴식 없이 업무를 계속하면 정말로 얼굴의 모든 구멍에서 피를 볼 수도 있으리라.

퇴사할 때가 찾아왔는지도 모른다. 망가지는 건강을 체감하자 그런 생각이 굳어졌다. 막연히 걱정하던 퇴사 이후의 미래보다는 분명히 존재하는 현재를 챙겨야지 않겠는가. 실체를 가진 피해는 상상 속의 피해를 넘어선다. 연말 상여금 지급까지 몇 개월 남지 않았다. 상여금만 받으면 빚을 갚고 퇴사하자. 빚만 없어진다면 저축도 수월할 것이고, 보다 자신을 위한 삶을 살 수 있을 터다.

정유는 지끈거리는 눈을 깜빡거렸다. 내일 출하를 위해서 포장해야 할 제품이 아직 한가득이다. 바람이라도 쐬고 다시 일하자. 그는 잠을 쫓아낼 겸 1층으로 내려갔다. 천도테크는 4층짜리 건물 중 1층과 3층을 임대하여 쓰고 있었다. 1층은 제품을 생산하고 검사하는 제조팀과 품질팀의 영역이며, 3층은 사무실과 창고가 마련되어 있다. 정유가 일하는 자재 창고 역시 3층이었다. 짝수 층은 몇 년째 빈 공간이다. 부도가 나 사라진 회사가 사용했던 자리라고 한다.

퇴사 이후를 고민하며 계단을 걷던 정유는 의아함을 느꼈다. 제조팀은 주야 2교대라 24시간 내내 생산 설비가 멈추지 않고 동작한다. 1층에 가까워질수록 규칙적인 프레스 소리가 시끄럽게 울려야 할 텐데 지금은 이상할 정도로 조용한 게 아닌가. 정유는 슬그머니 생산 현장으로 다가갔다. 널찍한 생산 현장엔 금형이 장착된 프레스 라인이 나란히 늘어서 있었다. 설비를 눈으로 훑던 정유가 발견한 것은 붉은 자국이었다. 생산 설비와 바닥에 적은 양의 피가 묻어 있었던 것이다. 정유는 피가 묻은 설비를 지나 현장 안쪽으로 들어갔다. 자재 창고와 마찬가지로 칸막이도 없이 책상과 컴퓨터만 있는 단출한 간이 사무실에 민 차장이 앉아 있었다. 반창고로 손을 싸매고 있는 그의 앞에 구급상자가 놓인 채였다. 정유와 눈이 마주친 민 차장이 먼저 말을 걸었다.

"정유 씨? 아직 퇴근 안 했어?"

"일이 좀 밀려서요. 그보다 다치셨어요?"

"센서가 맛이 갔나 봐. 안전장치가 말을 안 듣네. 하마터면 손 날아갈 뻔했다."

생산 설비엔 사람의 손 따위가 감지되면 동작할 수 없게끔 안전장치가 설치되어 있다. 센서가 작동하지 않는 바람에 약간의 부상을 입은 모양이다. 민 차장은 우스운 농담이라도 하듯 키득거렸으나 정유는 웃음이

나오지 않았다.

"괜찮으신 거예요?"

"크게 다친 건 아니고 살짝 살이 찢어진 정도. 내가 민첩해서 다행이지. 별거 아니니까 신경 쓰지 마."

민 차장은 진심으로 별일 아니라고 여기는 듯했다. 오히려 이런 사소한 부상을 남에게 들킨 걸 부끄러워하는 기색이 보였다. 반창고 때문에 잘 보이진 않았으나 확실히 상처가 심한 것 같진 않았다. 정유는 음료수라도 가져가라는 민 차장의 제안을 거절하고선 자신의 자리로 복귀했다.

그것이 징조였음을 왜 더 일찍 알아차리지 못했던 걸까? 아니, 무의식은 깨달았으나 의식의 영역에서 문제 삼지 않았는지도 모른다. 다들 자잘한 사고는 늘 맞닥트리더라도 거대한 사고는 머나먼 어딘가에서 벌어진다고 믿지 않은가. 그것이 틀림없는 착각일지라도.

정유의 착각 역시 손가락 네 개와 함께 불현듯 부서지고 말았다. 안전장치가 망가진 설비를 조작하던 제조팀 사원이 절단 사고를 당한 것이다. 안전장치의 파손은 진작에 보고되었으나, 장치를 교체하려면 생산이 한동안 중단되어야 했다. 납기는 다가오고, 비축

된 물량은 없었으므로 회사는 생산을 강행했다. 대표의 선택으로 말단 직원이 대가를 치른 셈이다. 목숨엔 지장이 없었으나 절단된 손가락은 완전히 짜부라져서 접합 수술조차 불가능했다.

산업 재해가 발생한 당일 구급차가 오고 생산 현장이 한바탕 난리가 났으나, 그게 다였다. 제조팀을 제외한 다른 부서는 정상 근무가 이어졌다. 필요한 물량은 다 갖춰졌으니 출하는 정상적으로 진행한다는 것이다. 제조팀에서 피를 묻히며 생산한 제품은 품질팀으로 넘어갔다. 품질팀에서 검사를 마친 제품은 자재관리팀으로 이동했다. 정유는 포장할 제품이 잘린 손가락이라도 된다는 양 내려다보았다. 어떻게 이럴 수 있지? 이걸 만들던 직원은 엄지만 남기고 손가락이 몽땅 잘려 나갔는데, 어떻게 정상적으로 근무가 진행된단 말인가? 남이 다치든 말든 자신이 해야 할 업무를 철저하게 진행하는 것이 옳은 일인가? 핏물이 가득한 제품을 포장하고 출하하여 세상에 내보내는 일을 누구도 반대하지 않는다고?

대표는 조사를 받는지, 병원으로 간 건지 자리를 비운 참이었다. 정유는 임시 팀장인 최 부장에게 찾아갔다.

"부장님, 이걸 정말 출하하시는 건가요? 사람이 다쳐가면서 만든 제품인데······."

"그럼 이걸 그냥 버려? 멀쩡한 제품인데. 어차피 그 친구가 다친 건 다친 거고, 출하는 출하대로 진행해야지. 우리는 고객과 약속을 한 거잖아."

"그렇지만 그냥 다친 것도 아니고 손가락이 잘렸다면서요. 그런데도 이렇게 하는 게 말이 되나요?"

"이건 그냥 사고야. 불행한 사고. 정유 씨 때문에 다친 것도 아닌데 그렇게까지 마음 쓸 필요 없잖아? 물론 회사는 여기에 제대로 책임을 질 거야. 왜 이런 일이 벌어졌는지 제대로 조사해서 조치를 취할 거라고. 그 일을 정유 씨가 할 수 있어? 그건 윗사람들이 알아서 하는 거고, 정유 씨는 정유 씨가 해야 할 일을 하면 되는 거야."

최 부장은 문제 될 게 무엇이냐는 양 말하다가 정유의 표정을 보고선 말투를 부드럽게 바꾸었다.

"정유 씨, 물론 이건 비극적인 일이야. 나도 그 친구가 다친 건 유감스럽게 생각해. 하지만 우리가 그 친구를 위해 당장 해줄 수 있는 게 없잖아. 오히려 그 친구가 다쳐가면서까지 만든 제품을 그냥 썩히는 게 더 무의미한 일 아니겠어? 우리는 그 친구를 위해서라도 출하를 감행해야지 않겠냐고."

정유는 입술을 우물거렸다. 반박하고 싶은 말은 많았으나 입 밖으로 낼 수 없었다. 최 부장을 마주하고 있는 지금 정유는 마치 가족과 설론하는 듯한 느낌을 받았다. 상대의 주장은 결코 수용하지 않고 자신의 뜻만 밀어붙이는 부류. 스스로의 그릇된 부분을 깨닫지조차 못하는 인물. 피를 봐도 생각을 바꾸지 않으니 말로 아무리 설득해봤자 소용이 없을 터다. 아버지가 그랬듯이.

"내일 출하라 서둘러야 해. 부탁 좀 하자, 정유 씨."

정유는 더 거세게 반발하지 못하는 스스로를 저주하며 고개를 끄덕였다. 자재 창고로 돌아온 그는 바들거리는 손으로 제품을 상자에 담다가 멈추었다. 기선의 배 속에서 나온 곰치를 포장하고 있노라면 이런 기분일까? 결국 이 회사도 자신의 집안과 같은 꼴이지 않은가. 사람의 피를 묻히며 생산된 무언가를 팔아 이득을 취한다. 그토록 끔찍하게 여긴 집을 벗어나서 집안과 똑같은 일을 하고 있다니.

정유는 견디지 못하고 화장실로 달려갔다. 변기에 토사물을 쏟아내다가도 신경질적으로 주변을 살폈다. 칸막이 아래로 곰치가 튀어나올 것만 같았다. 화장실

바닥에서부터 올라오는 냉기가 곰치의 차가운 몸처럼 느껴져서 자꾸만 몸이 떨렸다. 속이 어찌나 쓰라린지, 심장이 피를 삼키고서 산(酸)을 뱉어내는 듯했다. 토악질은 한참을 더 이어졌다. 제대로 된 저항조차 못 하는 한심한 자신을 전부 게워내려는 양.

 구토하느라 어쩔 수 없이 야근하게 되었다고 말하면 비웃음을 살 게 뻔하다. 산업 재해가 벌어진 탓인지 다들 잔업 없이 정시 퇴근을 한지라 회사에 남은 사람은 정유뿐이었다. 과하게 구토한 덕에 요동치던 속은 제법 가라앉았으나, 대신 두통이 시작되었다. 스스로의 신체마저 어리석은 자신을 고통으로써 벌하려는 것일까? 정유는 받은 숨을 내뱉었다. 자신에겐 버거운 무게의 상자를 나르며 멀쩡했던 허리에도 통증을 나누었다. 온몸이 골고루 아플 즈음 일이 마무리되었다.
 퇴근길. 막차를 타는 내내 바늘 따위로 쿡쿡 쑤시는 듯한 통증이 전신에 계속되었다. 불행인지 다행인지 생각이 복잡하게 피어올라서 통증에 마냥 괴로워할 틈이 없었다. 정유는 차창 밖을 주시했다. 도시를 시커멓게 물들이려는 암흑과 건물의 불빛이 서로를 밀어내고 있었다. 심해도 이런 광경일까? 빛 한 줄기 들어올 수 없는 깊디깊은 바닷속에선 스스로 발광하는 생물들이 지금도 헤엄치고 있으리라. 물 한 방울 없는 이곳이 심해와 같은 수압으로 자신을 짓누르는 것 같았다. 어째서 자신의 온몸이 찌부러지지 않는지 의아했다. 이미 누군가의 손가락 네 개는 뭉개졌는데.

잡념은 버스에서 내리고도 계속되었다. 자취방에 돌아온 정유는 옷도 갈아입지 않고 곧바로 화장실로 향했다. 그는 샤워기의 각도를 맞추고 수도꼭지를 돌렸다. 멍하니 뜨거운 물을 맞는다. 물을 흠뻑 머금은 옷은 피부에 달라붙었다. 삽시간에 무거워진 옷이 마치 또 하나의 가죽처럼 느껴졌다. 그는 욱신거리는 눈을 감고서 생각했다. 사방이 먹물처럼 컴컴해질 때까지 책임감을 가지고 일한 자신을 칭찬해야 할까? 아니면 끝내 회사에 저항하지 못한 자신을 질책해야 할까? 그토록 집안을 부정했건만 결국 자신도 똑같은 사람이었던 걸까? 어쩌면 이 모든 게 과민 반응에 불과한 것일까?

이 와중에도 그는 숫자를 계산하고 있었다. 상여금을 받으려면 아직 1개월이 남았다. 빚을 모두 갚으려면 이 회사에서 1개월을 더 견뎌야 한다. 피 묻은 제품을 아무렇지도 않게 출하하는 회사에서 말이다. 피와 이득을 저울질하던 정유는 이마에 들러붙은 머리칼을 위로 넘겼다. 앞으로 이런 일이 결코 벌어지지 않을 것이라 누가 장담하는가. 약간의 상처가 생기는 경미한 사고는 신체 부위의 절단으로 이어지고, 어느 순간 목숨을 잃는 재해로 확장될지 모를 일이다. 그럼에도 돈을 벌어야 한다며 스스로를 다독이는 꼴이란.

정유는 이내 주저앉고서 홀로 흐느끼기 시작했다. 집안을 피해 도망친 곳마저 이런 행태다. 타인의 부상과 죽음마저 이용하고, 자신의 손해를 막기 위해 타인의 피해를 환영한다. 머리 위로 쏟아지는 물줄기가 혈액처럼 느껴졌다. 정유는 얼굴을 감싸다 자신도 모르게 머리카락을 쥐어뜯었다. 이럴 바엔 가문에 남는 게 나았을까? 산 사람이자 타인의 고통을 등지고 생활하는 것보다는 가족의 죽음을 밑받침 삼아 삶을 잇는 게 나았을까? 정유는 산 사람을 이용하는 것과 죽은 사람을 이용하는 것 중 무엇이 더 질이 나쁜 행위인지 알 수 없었다.

듣는 이 한 명 없었음에도 정유는 소리 죽여 울었다. 울먹이는 소리는 물이 쏟아지는 소리보다 작아졌지만 오래도록 끊기지 않았다.

산업 재해가 발생하고 며칠 뒤. 여전히 회사에 홀로 남아 야근 중이던 정유에게 전화가 걸려왔다. 어머니의 전화였다. 영자는 안부를 물으며 맥없는 이야기를 늘어놓더니 불쑥 물었다.

"너 무슨 일 있니? 목소리에 힘이 없네."

정유는 입을 벌린 채 멈추었다. 침묵. 숨을 몇 번 쉴 정도의 짧은 침묵이었으나 정유에게만은 터무니없이 길게 느껴졌다. 그는 영자가 수상하게 여기기 전에 얼른 한 마디를 꺼냈다.

"괜찮아요."

모든 괜찮다는 말은 거짓인지도 몰랐다. 자식이 부모에게 하는 말이라면 더더욱. 영자 역시 미심쩍었는지 재차 질문했다.

"무슨 일 있는 거 아니지?"

정유는 상자가 가득 쌓인 창고를 바라봤다. 잘못 건드리면 와르르 무너져 자신을 덮칠 것만 같은 상자는 용케도 균형을 잡고 천장까지 닿아 있었다. 정유에게 생긴 '무슨 일' 역시 이 상자의 개수만큼은 될 터. 심장이 느릿하게 덜컥거리는 기분이었다. 모든 걸 털어놓으면 편해지겠지?

사수도 없는 팀에서 혼자 맨땅에 헤딩하면서 일

하는 게 너무 괴로워요. 임시 팀장이라는 사람이 제가 있는 부서의 업무를 제대로 알지 못해서 뭘 물어볼 수도 없어요. 좋아하지도 않거니와 애인까지 있는 사람이 자꾸 친근한 척 달라붙는 게 싫어요. 사람으로서 당연히 가지고 있는 친절과 예의를 자신만을 향한 호의로 착각하는 꼴이 역겨워요. 여자라는 이유로 무시하는 게 불쾌해요. 얼마 전엔 생리통에 시달리느라 제대로 움직이지 못하던 날이 있었어요. 이 부장이라는 사람이 그 모습을 보고 어린 게 벌써부터 요령이나 부리려 한다며 욕하던 말이 잊히질 않아요. 넌지시 이유를 알려주니 이래서 여자는 안 된다며 혀를 차던 게 자꾸만 떠올라요. 저는 바보처럼 아무 말도 못 했어요. 그날은 너무 아파서 표정이 별로 안 좋았나 봐요. 대표가 오전에 저를 보더니 웃으면서 회사 생활하자며 껄껄대더라고요. 오후에도 제 표정이 안 풀어지니까 별안간 저한테 삿대질을 하지 뭐예요. 표정 그따위로 하면 보는 사람도 기분 나쁘다면서. 표정 풀고 다니라고요. 저는 그냥 회사 잘 다니고 싶었을 뿐이에요. 일하면서 절대 설렁설렁 한 적은 없어요. 최선이 아닐지언정 나름 열심히 했다고요. 그런데도 매일 이런 취급이에요. 누구도 저를 똑바로 봐주지 않아요. 아무렇게나 대하고 괴롭혀도 상관없는 존재로 여기나 봐요. 자꾸 어깨나 등을 더듬거릴 만큼 제가 만만한가 봐요. 당장 며칠 전엔 사람 손가락이 잘렸는데도 정상 근무를 시켰어요. 사고를 당한 그 사람은 보상금을 받고, 사고가 발생한 설비에는 안전장치가 설치되었어요. 그게 다예요. 산업 재해를 저만 심각하게 생각하나 봐요. 다들 평소처럼 일하고 있어요. 저도 지금 그러고 있어요. 주말에도 나오고 매일 야근하느라 쉬는 날도 거의 없어요. 사실 저 돈이 너무 필요하거든요. 빚쟁이 얼굴 보는 것도 너무 끔찍해요. 그래도 집에 도움 요청하지 않고 혼자 해내려고 무지 노력했어요. 그런데 너무 힘들어요. 저한테는 안 되나 봐요. 엄마가 보고 싶어요. 집에 돌아가서 그냥 쉬고 싶어요. 시체에서 나오는 생물 같은 거 신경 안 쓰고 그냥 아무것도 안 하고 싶어요. 이제 다 그만두고 싶어요······.

"아무 일도 없다니까요."

정유는 태연한 목소리를 냈다. 소씨 가문은 여전히 소가수산을 포기하지 않고 있다. 어머니에게 모든 속내를 밝혀봤자 해결되는 건 아무것도 없다. 그는 입술을 깨물었다. 말하지 않은 건 잘한 선택이리라. 상황이 좋아질 가능성은 희박한데, 괜히 가족만 뒤숭숭하게 만들 수는 없었다. 정유는 얼버무리며 대화를 잇다가 이내 전화를 끊었다. 고요한 공간. 정유는 메마른 입술에서 피가 흐르는 걸 알아차렸다. 너무 세게 깨문 것일까. 피를 훔치던 그는 창고 안을 둘러보며 상자 더미가 무너지는 상상을 했다. 그대로 자신이 깔려 죽으면 그제야 회사가 변할까? 손가락 네 개로는 안 되더라도 목숨 하나로는 변화가 일어나지 않을까? 그런 상상을 하니 희한하게도 기분이 좋아지는 것 같았다. 바로 이렇게 기분이 좋아지는 걸 보면 아무래도 그렇게 심각한 상태는 아닌 모양이었다. 자신은 괜찮을 터였다.

그렇지 않은가?

스스로를 죽이는 상상이 늘었다. 급여를 받았는데도 그리 기쁘지 않았다. 성희롱도 웃어넘길 수 있게 되었다. 씻을 때마다 머리카락이 한 움큼씩 빠졌다. 병원으로 가는 발길을 끊었다. 식사량이 점점 줄어들었다. 괜찮다고 자기 자신을 다독이고는 입술을 깨물었다. 화장을 관두었다. 새 옷을 사지 않게 되었다. 아버지가 나오는 꿈을 꾸었다. 고객사와의 대화는 늘 활기차게. 이따금 치밀어오르는 욕지기. 가끔씩 어머니나 오빠와의 통화. 빚쟁이의 연락. 체념과 포기. 불규칙한 생리. 편두통. 회식. 욕설.

이 모든 것을 거쳐 마침내 1개월이 지났다. 정유는 과로로 메마른 눈을 끔뻑이며 사직서가 든 봉투를 바라봤다. 상여금이 지급된 걸 확인하고서 이걸 제출하면 모든 게 끝나리라. 사기를 당해 쌓인 빚도, 천도테크에서의 지겨운 회사 생활도. 비록 그 이후가 전혀 보이지 않았으나, 지금은 망가진 현재를 봉합하는 것만으로도 충분했다.

스마트폰이 진동했다. 급여가 입금되었다는 알림이었다. 정유는 오랜만에 두근거리는 가슴을 느끼며 통장 잔고를 확인했다가 멈칫했다. 늘 받았던 터무니없이 모자란 급여뿐, 상여금은 지급되지 않은 것이다. 의아함을 느낀 정유는 최 부장을 찾아 물었다. 정유의 질문에 최 부장은 엉뚱한 농담이라도 들은 양 헛웃음을 지었다.

"상여금? 이번엔 그런 거 없지. 가뜩이나 요즘 물량 줄어서 회사 매출도 떨어지고 있는 판에. 그리고 1달 전엔가 불미스러운 사고도 있었잖아."

"이야기가 다르잖아요! 품질팀에서 자재관리팀으로 부서 이동하는 조건으로 상여금 주시기로 약속하

셨으면서 이러시면 어떡해요."

"뭔 소리야? 나는 들은 거 없는데? 대표님이 그러시든?"

"네. 부서 이동 전 면담 때 분명히 그러셨단 말이에요."

"난 모르겠네. 일단 대표님한테 말씀은 드려볼 테니까 있어 봐. 그런데 기대는 하지 마라."

정유는 무어라 더 따지려다 입을 다물었다. 대표와의 약속에서 애꿎은 최 부장을 탓할 수는 없지 않겠는가. 불안이 목을 조이는 사이 그는 잠자코 고개를 끄덕였다.

이번에도.

발을 뻗는다. 본디 다리는 몸을 지탱하고 있어야 할진대, 정유의 다리는 전혀 제 기능을 하지 못하는 것 같았다. 아니나 다를까 자취방에 돌아온 그는 현관을 넘자마자 풀썩 넘어지고 말았다. 다리가 어찌나 파들거리는지 퇴근길에 세 번이나 차에 치일 뻔했다. 차라리 차들이 제때 브레이크를 밟지 않았더라면……. 정유는 머리카락이 이리저리 흩어진 바닥을 물끄러미 바라보다 엉금거리며 화장실로 향했다. 언제부터인가 퇴근한 이후에도 회사 생각이 머리를 떠나지 않게 되었다. 오늘은 특히 심했다. 정유는 화장실에 다다르자 기는 걸 멈추고 가까스로 몸을 세웠다. 온몸에 피가 모조리 빠져나간 것도 아닌데 당최 힘을 줄 수가 없었다. 수도꼭지마저 청동으로 만들어진 양 무거웠다. 가까스로 물을 트는 데 성공한 그는 샤워기 밑에 주저앉았다.

오늘 오후 대표와의 면담이 있었다. 대표의 사무실로 호출된 정유는 상여금을 지급할 수 없는 시답잖은 변명을 들어야 했다. 최 부장이 말한 것과 다를 바 없었다. 회사가 전년과 같은 수익을 올리지 못하는 상황에서 상여금을 지급하긴 힘들 것 같다는 내용이었다. 정유는 목소리를 높였다. 분명 부서 이동 직전 상여금을 지급하겠다는 약속을 거듭 받아냈지 않은가. 정유가 성을 내자 생글거리던 대표는 곧장 낯빛을 바꾸었다.

"정유 씨, 물론 약속을 지키지 못한 건 미안한 일이지만 상여금이라는 게 무조건 받을 수 있다고 보장된 돈이 아니잖아. 그건 어떻게 보면 회사의 호의인 거지, 반드시 누릴 수 있는 혜택이 아니라고."

정유도 포기하지 않았다. 이미 빚쟁이에게 이번엔

빚을 모두 갚을 수 있다고 밝혀둔 참이었다. 지금을 놓치면 이자는 다시 불어나 언제 자신을 짓누를지 모를 일이다. 대표는 짜증을 내기 시작했다.

"정유 씨! 회사는 직원들이 일한 만큼의 몫은 제대로 지급하고 있어. 회사가 힘든 상황에서도 임금 체불 같은 불미스러운 일은 만들지 않기 위해 얼마나 노력하고 있는데. 그런 상황에서 자꾸 돈을 달라고 떼를 쓰는 거 정말 어른스럽지 못한 일이야."

어른스럽지 못한 건 약속을 지키지도 않는 당신이 아니던가? 대표는 정유가 반박할 틈도 없이 말을 이었다.

"모두가 힘든 상황에 서로 힘을 합쳐서 잘 이겨낼 생각을 해야지, 자기만 특별 대우해달라고 요구하는 게 인간적으로 말이 되나? 그게 아니면 다른 직원들한테 정당하게 지불되어야 할 임금을 회수해서 정유 씨한테 상여금으로 줘야 할까?"

자꾸만 그 말이 맴돌았다. 준다고 약속한 것을 달라고 했을 뿐인데, 왜 자신은 타인의 정당한 보수까지 빼앗는 파렴치한이 되어야 한단 말인가?

"정유 씨, 서로 돕고 살자! 이기적으로 굴지 말고."

돈에 눈이 멀어 남들과 타협하지 못하는 이기주의

자. 양보할 줄 모르는 야만인. 사정을 헤아려주는 도량조차 없는 모리배. 1시간의 면담 동안 정유에게 달린 꼬리표. 자취방에 돌아왔는데도 대표의 목소리가 자꾸만 메아리쳤다. 지금 머리를 때리는 물줄기처럼 타인의 압박이 끊임없이 쏟아졌다. 그들이 지껄인 험담은 어느새 온몸을 물들였다. 아무리 씻어도 온몸을 적신 비방이 사라지려 하지 않았다. 정유는 비로소 깨달았다. 회사는 자신의 처지를 생각하고 고려하지 않는다. 헐값에 부릴 수 있는 부속물 따위로 여길 뿐이다. 자신이 그 어떤 괴로움을 견디며 업무를 수행하더라도 누구도 알아주지 않는다. 한계를 넘어 견디는 자는 단단해지기는커녕 부러지고 만다. 자신이 수조에 갇혀 수산물을 만들어내는 시체보다 나을 게 뭐란 말인가?

정유는 오른손의 손톱을 세워 왼쪽 팔뚝을 쥐어뜯기 시작했다. 고작 돈 몇 푼 못 받는다고 이러는 스스로도 우습거니와, 그 돈 몇 푼을 못 주겠다고 도리어 자신을 헐뜯는 회사도 한심했다. 비로소 이 생활에 짧은 쉼표가 생기겠거니 생각했는데, 여전히 끝은 보이지 않는다. 같은 내일이 계속될 것이다. 속아 넘어가고, 타인을 위해 스스로를 깎아내고, 피로와 희롱에 시달리고, 부당한 대우에 저항할 수 없으리라.

"못 해……."

빚을 갚기 위해 괴로움을 한참 더 감수하고, 납득조차 되지 않는 이유로 욕을 듣고, 과로로 몸이 망가지더라도 병원에 가지 못하고, 아무도 없는 공간에서 홀로 스러진다. 보람 있는 시간이란 허락되지 않는다. 가까스로 맞이한 휴일은 잠을 보충하느라 무의미하게 사라진다. 정시 퇴근엔 여전한 눈총. 회식의 술 강요. 동의도 구하지 않고 덥석덥석 움켜쥐는 손아귀. 몸 전체를 훑는 시선. 시도 때도 없이 들이닥치는 업무 연락. 직급과 급여에 맞지 않는 과도한 업무.

"더는 못 해……."

모든 사회인에게 요구되는 자질. 견디지 못하는 순간 사회 부적응자로 전락하리라는 믿음. 남들은 이런 걸 모조리 끌어안고 버틴단 말인가? 도대체 어떻게? 자신처럼 만만한 이들에게 괴로움을 몰아주는 건 아닐까? 저항할 의지도 능력도 없는 빈약하고 무지한 밑바닥들에게 고통이 중첩되는 건 아닐까? 산 사람도 죽은 사람도 이용하지 못하는 존재는 어떻게 해야 하지?

"이제 못 하겠어요, 엄마……."

정유는 물에 녹아 사라지지 않는 자신이 증오스러

웠다. 기선이 숨을 끊는 순간이 자꾸만 떠올랐다. 그때도 지금처럼 심장이 혈관을 떼어놓고 스스로 추락할 것처럼 쿵쾅거렸다. 정유는 가슴을 움켜쥐었다. 바다에 빠진 것도 아닌데 숨이 제대로 쉬어지지 않았다.

"이런 거 이제 안 할래……. 집에 가고 싶어……. 엄마……. 오빠……."

집이라니. 자신한테 그런 공간이 존재했단 말인가? 스스로 내뱉은 허튼소리가 어찌나 우습던지 정유는 마냥 입을 벌렸다. 입술이 일그러지고 숨이 새어 나왔다. 꺽꺽대는 소리. 다듬지 못한 손톱이 깨지고 연신 쥐어뜯던 왼쪽 팔뚝에 마침내 상처가 났다. 쏟아지는 물이 상처에 스며들었다. 자꾸만 시야가 뿌옇게 흐려져 앞이 잘 보이지 않았다. 정유는 그동안 상상만 해왔던 어떤 충동을 실천에 옮길 각오를 다졌다. 그는 손톱을 더 깊게 박아 넣었다.

아침 식사는 거른다. 여태 아침을 챙겨 먹진 않았으나 오늘은 더욱 불필요했다. 냉장고는 비어 있었다. 버려질 음식물이 없으니 다행인 셈이다. 정유는 스마트폰을 꺼내 주소록을 확인했다. 어머니에게 전화를 걸려다 관두었다. 이제 와서 그게 무슨 의미가 있겠는

가. 그는 손가락을 움직이다 멈칫했다. 호흡 몇 번. 초침이 몇 바퀴를 돈 후에야 그는 오빠에게 전화를 걸었다. 지속되는 연결음. 오빠가 전화를 받지 않자 정유는 한숨을 쉬었다. 방금 자신이 실망했는지 안도했는지 알 수 없었다. 그는 단정하게 차려입고 집을 나섰다.

출근길에 늘 듣던 음악도 오늘은 틀지 않았다. 일부러 평소보다 일찍 나온 덕에 앉아서 버스를 탈 수 있었다. 수월하게 출근한 그는 사내 주차장을 둘러보았다. 아직 아무도 출근하지 않은 모양이다. 정유는 기계적으로 출퇴근 카드를 찍었다가 픽 웃었다. 자신도 어지간히 이 생활에 길든 듯싶었다. 그는 출퇴근 카드의 양 끝을 잡고 힘껏 힘을 주었으나, 카드는 휘어지기만 할 뿐 부러지진 않았다. 아쉬울 따름이다.

정유는 아무도 없는 회사를 돌아보기로 했다. 생산 물량이 줄어 주야 근무가 중단된 제조 현장은 고요했다. 그는 프레스 라인의 금형을 살펴보았으나 어떤 것이 안전장치인지 알아내지 못했다. 정유는 문득 잘려 나간 손가락은 누가 가져갔을지 궁금해졌다. 1층을 훑어본 정유는 3층으로 올라갔다. 불 꺼진 사무실로 들어가자 스산한 한기가 훅 끼쳤다. 그는 대표의 자리를 물끄러미 응시하다 고개를 돌렸다. 한숨을 내쉬었지만 입김은 보이지 않았다. 자신의 입에서 나온 모든 외침들이 그러했듯이.

그는 사무실을 나와 자재 창고로 향했다. 매일 밤 늦게까지 포장한 상자들이 자신의 키보다 높이 쌓여 있었다. 그는 제일 높은 상자 무더기로 다가가더니 냅다 그것을 걷어찼다. 상자들이 기세 좋게 무너지길 기대했으나 아무 일도 벌어지지 않았다. 늘 아슬아슬한 균형이라고 생각했는데 보기보단 안정적이었던 모양이다. 정유는 몇 번 더 상자에 발자국을 남기다가 흥미를 잃었는지 등을 돌렸다.

슬슬 직원들이 출근할 시간이었다. 정유는 옥상으로 올라갔다. 계단을 디딜 때마다 속으로 숫자를 셌다. 하나, 둘, 셋……. 열세 계단을 오르자 디지털 도어록으로 잠긴 문이 보였다. 그는 비밀번호를 입력하고 문을 열었다. 천도테크의 직원이라면 모두 알고 있는 번호였다. 옥상은 흡연장으로 쓰이기 때문에 곳곳에 담배꽁초가 어지럽게 흩날리고 있었다. 정유는 누가 들어올 것을 대비해 도어록의 번호를 바꿔버리고 문을 닫았다. 하늘과 가까워지자 맑은 날씨가 피부에 와닿았다. 구름조차 보이지 않는 쾌청한 날. 태양이 바라보는 자신은 얼마나 하찮을까.

그는 옥상 끝으로 가 아래를 내려다보았다. 난간이 없어 시야는 넓었다. 잠시 후 출근하는 이들이 모습을 드러냈다. 어떤 이는 차량을 주차하고는 주차장과 맞닿은 흡연장으로 직행했다. 어떤 이는 걸어서 출근했으며, 어떤 이는 다른 이의 차를 얻어 타고 회사에 도착했다. 얼마 지나지 않아 주차장은 차량으로 가득 찼다. 정유는 여태 도착한 이들의 수를 헤아리고서 전 직원이 출근했음을 확인했다.

정규 출근 시간이 지나자 정유의 스마트폰이 바쁘게 울었다. 가장 먼저 전화가 온 것은 최 부장이었다. 근무지에 정유가 없으니 부리나케 연락한 모양이다. 정유는 진동하는 스마트폰을 가만히 바라보기만 했다. 언제까지 울리는지 두고 보자는 양. 전화가 끊기자 메시지가 왕창 쏟아졌다. 그는 메시지도 무시하려 했으나 최 부장이 사진을 보내자 호기심이 일었다. 그가 보낸 사진은 자재 창고를 찍은 것이었다. 자재 창고의 상자 무더기가 무너져 엉망으로 나뒹굴고 있었다. 아까 걷어차서 우그러진 상자가 무게를 견디지 못한 모양이었다. 드디어 무너진 모습을 보니 속이 후련했다. 진작에 무너졌으면 더 좋았으련만.

최 부장은 자재 창고 꼴이 이게 뭐냐며 성을 내고

있었다. 사진까지 찍어 길길이 화낼 줄 알았다면 더 철저하게 망가트릴 걸 그랬다. 정유는 코미디 프로그램이라도 보는 양 키득거렸다. 그사이 다른 사람들에게도 전화와 메시지가 몇 건 도착했다. 정유를 찾는 회사 사람들의 연락. 업무를 떠넘기려는 고객사의 연락. 심지어 빚을 모두 갚기로 약속한 날짜가 지났는데 왜 아무런 연락이 없냐며 빚쟁이까지 친히 메시지를 보내주었다. 이것 참 감사하기도 하지. 정유는 엄지와 검지로 스마트폰의 끄트머리를 잡았다. 손을 흔들거리자 스마트폰이 위태롭게 휘청거렸다. 조금만 방심해도 곧바로 추락하리라.

정민에게 전화가 걸려온 것은 그때였다. 하마터면 스마트폰을 놓칠 뻔했다. 가까스로 스마트폰을 그러쥔 정유는 이 역시 무시하려다가 전화를 받았다. 정민은 아직 졸음이 덜 깬 듯한 목소리로 말했다.

"전화했네? 무슨 일이야? 이 아침부터."

"그러게."

"뭔 대답이 그래. 잘못 건 거냐?"

"그건 아닌데……."

"진짜 뭔 일 있냐? 얼마 전에도 어머니가 그러시더라. 너 목소리에 힘이 없는데 자꾸 괜찮다고만 하는 게 걱정된다고."

정유는 숨이 턱 막히는 기분이 들었다. 아직 실행하지도 않았는데 벌써부터 이러면 어쩌담. 그는 태연한 목소리를 가장하려 했으나 목이 메어 말이 잘 나오지 않았다.

"솔직히 너 최근에 통화했을 때 상태 이상했던 거 알긴 해? 그래도 알아서 잘 사니까 혼자 잘할 거라 생각해서 그냥 넘어갔긴 한……. 어? 너 설마 우냐?"

꼴사나운 일이었다. 아무리 힘들어도 회사에서는 결코 운 적이 없었는데. 있는 듯 없는 듯 지내던 친오빠의 목소리 조금 들었다고 울긴 왜 운단 말인가. 정유는 스스로가 부끄러웠으나 울음을 그치진 못했다. 정민은 여동생의 흐느끼는 소리를 듣고 한껏 허둥댔다. 이미 그의 목소리에 잠기운은 달아난 지 오래였다.

"너 진짜 무슨 일인데! 다 들어줄 테니까 일단 말해봐."

"미안해, 오빠……. 나 진짜 잘해보려고 했는데 다 망쳤어. 더는 못 하겠어……."

"망쳤다니, 뭐를? 괜찮으니까 일단 심호흡해. 차근차근 말해봐."

"엄마한테도 미안하다고 전해줘."

"뭐? 야! 소정유!"

정유는 전화를 끊어버렸다. 역시 괜한 짓이었다. 우느라 시간만 허비한 꼴이지 않은가. 이제 우는 것마저 지겨웠다. 아무것도 해결하지 못하는 지극히 무의미한 행위. 어째서 이런 일을 지속하는지 스스로도 알 수 없었다. 자신이라는 바다는 모조리 눈물로 이루어진 모양이다. 이 모습을 회사 사람들이 보면 얼마나 비웃을까. 고작 이런 것도 못 견디니 네가 그 모양 그 꼴인 거야.

정유는 그게 아주 틀린 말도 아니라고 생각했다.

정민은 몇 번이고 정유에게 전화를 다시 걸었으나 연결되지 않았다. 발을 구르던 그는 냅다 차 키를 챙기더니 소가수산에서 함께 일하는 삼촌에게 소리쳤다.

"삼촌, 나 잠깐만 나갔다 올게!"

"뭐? 곧 가게 문 여는데 어디 가려고? 야!"

정민은 대꾸도 않고 차고로 달려갔다. 탑차에 올라탄 그는 시동을 걸고 내비게이션에 정유의 자취방 주소를 입력했다. 예상 소요 시간은 약 1시간. 정민은 거침없이 액셀을 밟았다. 뱃속이 꿈틀거리고, 단단한 것이 머리를 조이는 듯한 통증이 일었다. 속이 불편한

이 감각은 몇 년 전 곰치 사건 때의 느낌과 흡사했다. 이미 벌어진 일을 뒤늦게 수습하고자 펌프 차량에 올라탔던 그날도 이런 기분이었다. 정민은 얼굴을 일그러트린 채 핸들을 쥔 손아귀에 힘을 꽉 주었다.

정정한다. 울음은 무의미한 행위이진 않다. 실컷 게워내고 나니 속이 이토록 후련하지 않은가. 얼마나 흐느꼈는지 머리가 어지러울 지경이었다. 아무것도 먹지 않았는데 속이 쓰리다. 정유는 옥상 끄트머리에 우두커니 섰다. 주차장과 맞닿은 흡연장에 제조팀의 이 부장과 민 차장이 담배를 피우고 있었다. 무슨 이야기를 하는지 잘 들리진 않았으나, 시시덕거리는 걸 보면 시답잖은 농담이라도 나누는 모양이었다. 앞으로도 이럴 것이다. 자신이 사라지더라도 남들은 웃고 떠들며 각자의 삶을 만끽하리라. 그거면 됐다. 진작 스스로에게 아무런 가치가 없단 걸 깨달았어야 했다. 그렇다면 남들 눈을 신경 쓰며 혼자 속앓이하지 않았을 텐데.

새삼 정유는 자신의 뱃속에서 무슨 생물이 튀어나올지 영영 알 수 없을 거란 사실이 아쉬웠다. 평생 가문의 저주에 시달렸는데 끝내 자신이 잉태할 존재를 확인도 못 하다니. 영영토록 핏줄에 휘둘리기만 하는 셈이었다. 하지만 이런 마무리라면 최소한 자신이 수조에 들어갈 일은 없으리라. 가문이 그토록 숨기려 애썼던 핏줄의 비밀이 마침내 세상에 드러날지도 모른다. 그리 생각하면 통쾌한 기분마저 들었다.

발끝은 허공에. 이 부장과 민 차장은 정유를 발견하지 못하고 여전히 수다를 떨고 있었다. 정유는 발가락을 옴짝대며 서서히 몸을 바깥으로 내밀었다. 갈비뼈가 죄다 심장을 찌르기라도 하는 양 가슴이 욱신거렸다. 그는 회사를 내려다보며 가까스로 한 마디를 중얼거렸다.

"이 모든 게 영원할 거라 생각하지 않아요."

그날의 기선도 같은 기분이었을까? 글쎄. 여기까지 왔는데도 여전히 그의 심정을 온전히 응시할 수 없었다. 그 누구도 이해할 수 없으리라. 기선의 심정도, 자신의 심정도. 설령 스스로의 끝을 앞당기는 사람일지라도 타인인 이상 결코. 바다는 고독한 법이다. 품 안에 아무리 무수한 생명을 품었어도 바다 그 자체는 고독할 따름이다. 정유의 다리 하나가 완전히 허공을 딛는가 싶더니 그의 몸 전체가 옥상을 벗어났다.

추락.

팔다리를 아무리 휘적거려도 닿는 것이 없었다. 그

제야 자신이 무슨 짓을 했는지 깨달은 정유는 직전의 한 발짝을 되돌리고 싶었다. 하지만 중력은 기꺼이 그의 마지막 행동을 거들어주었다. 사라지고 싶다는 소망마저 사라진 와중에 둔탁한 소리만이 마냥 거셌다.

* * *

별안간 울리는 묵직한 소리 탓에 민 차장은 담배를 떨어트리고 말았다. 마지막 한 개비를 허무하게 잃고 만 그가 성을 냈다.

"뭐야, 대체!"

민 차장은 흡연장에서 나와 소리가 난 곳으로 향했다. 이윽고 그는 새된 비명을 지르며 주저앉았다. 무슨 호들갑이냐며 민 차장의 뒤를 따른 이 부장 역시 비슷한 반응이었다.

그들의 시선 끝에는 널브러진 인체가 등을 보이고 누워 있었다. 갓 흘러나온 혈액이 주차장 바닥을 적셨고, 몇몇 팔다리는 관절이 허용하는 각도를 무시하고 반대로 꺾여 있었다. 조금 말려 올라간 웃옷의 틈새로 내용물이 모습을 드러냈다. 스마트폰도 주인을 따라 하듯 박살 난 채로 근처에 엎어져 있었다.

이 부장이 얼어붙고 민 차장이 구토를 하는 사이 그것은 모습을 드러냈다. 정유의 찢어진 옆구리에서 검은빛의 무언가가 자의를 가지고 걸어 나온 것이다. 크기는 사람의 손바닥 정도였다. 바위를 닮은 몸체에 오돌토돌한 돌기가 돋아나 있었다. 몸의 반절을 차지할 듯 큼직한 집게발. 곤충의 더듬이처럼 툭 튀어나온 두 눈. 여러 개의 마디를 가진 다리는 기역 자로 구부러져 몸을 지탱하고 있었다. 옆으로 걸으면서도 두 사람을 주시하고 있는 그것은 게였다.

겨우 구토를 멈춘 민 차장은 게를 발견하고는 멍하니 바라보았다. 어째서 사람이 죽어있고, 그 시체에서 게가 튀어나온단 말인가? 게는 해답 대신 궁금증만 늘려주었다. 별안간 시체에서 게 수십 마리가 우르르 몰려나오는 것이 아닌가. 게들은 미처 반응하기 힘들 만큼 빠른 속도로 발을 놀렸다. 게 떼가 도달한 곳은 주저앉은 민 차장의 다리였다. 놈들이 올라타기 시작하자 민 차장은 기겁하며 다리를 휘적거렸다. 얻어맞은 게 몇 마리가 날아갔으나, 수십 마리의 게가 동시에 몰려드니 일일이 상대가 불가능했다. 민 차장이 손을 휘둘러 다리에 붙은 게를 털어내기도 전에, 놈들은 집게발을 움직였다. 날카로운 집게발은 민 차장의 두꺼운 작업복마저 뚫고 살갗에 구멍을 냈다. 집게발이 어찌나 단단한지 니퍼로 피부를 헤집는 듯했다.

일어서려는 민 차장의 의지를 고통이 방해하는 사이 게들은 차근차근 위로 향했다. 다리를 타고 사타구니까지 다다른 게들은 일제히 집게발을 뻗었다. 마치 상반신과 하반신의 경계를 허물려는 양. 찢어진 바지의 조각이 핏물에 엉겨 게의 다리에 달라붙었다. 톱날처럼 돋아난 집게발의 돌기는 연한 피부를 뜯어내기엔 최적의 도구였다. 몇몇 게는 숨이 가쁜지 거품을 토하면서도 가위질을 멈추지 않았다. 해면체가 절단될 무렵 민 차장은 머리를 뒤로 박으며 완전히 쓰러졌다. 바닥에 잘못 부딪혔는지 민 차장의 머리에서도 피가 흘렀다. 물론 하반신에서 샘솟는 혈액에 비하면 사소한 수준이었지만.

민 차장의 하반신이 게들로 새까맣게 뒤덮이고서 그가 쓰러지기까진 1분도 채 걸리지 않았다. 눈 몇 번 깜빡일 시간에 시체가 하나 더 늘어난 것이다. 이 부장은 신음인지 비명인지 모를 괴성을 쏟아내며 다리를 허우적거렸다. 용케도 넘어지지 않고 방향을 돌린 그가 회사 건물로 피신하려 했으나 게들이 더 빨랐다. 어느새 수백 마리로 불어난 게들이 회사 정문을 둘러

쌌다. 미닫이 형식의 유리문은 잠금장치가 설치되어 있어 사원증이 없으면 들어갈 수 없다. 게들은 서로를 밟고 유리문을 뒤덮기 시작했다. 이런 상황에서 건물 안으로 들어가는 건 무리다.

이 부장은 따끔한 감각에 발치를 바라보았다. 어느 틈엔가 다가온 게 한 마리가 바지 밑단에 달라붙어 있었다. 그는 욕설을 내뱉으며 다리를 휘둘렀다. 짓밟힌 게는 간단하게 등딱지가 으깨졌다. 게 떼가 자신을 노리고 있음을 알아차린 이 부장은 주변을 둘러보았다. 회사 주변엔 담장이 설치되어 있어서 밖으로 도주하려면 주차장 출입구를 노리는 수밖에 없다. 주차장으로 향하려면 게들이 우글거리는 여자의 시체를 지나야만 했다.

마음의 준비를 할 시간 따위는 없었다. 게 떼가 이 부장을 향해 이미 움직이고 있었으니까. 그는 시체를 피해 큰 반원을 그리며 내달렸다. 게 몇 마리가 바지를 붙들고 매달렸으나 그는 무시했다. 일일이 떨쳐내려고 하다 게 떼에 뒤덮이기 십상일 터. 그는 힐끔 시체를 바라보았다. 민 차장은 게와 핏물이 뒤엉켜 어디가 허리이고, 어디가 다리인지 구분할 수 없는 지경이었다. 여자의 시체는 머리카락에 얼굴이 가려져 있어 확신할 수는 없었지만, 자재 창고에 매일 처박혀 있는 그 사람인 듯했다. 이름이 뭐였더라? 자세한 상황은 모르겠으나, 저 여자도 게 떼에게 당하는 바람에 위층에서 떨어져 저런 꼴이 된 모양이다. 이 부장은 결코 저 두 사람을 따라가지 않겠다고 다짐하며 자신의 차량으로 달음박질쳤다. 갑작스레 격렬한 움직임을 취한 탓인지, 등이 욱신거리고 몸이 무거웠다.

주차장에 도착한 그는 자가용의 문을 열었다. 뒤를 돌아보자 게 몇 마리가 끈질기게 자신을 쫓고 있었다. 차에 타기 위해 몸을 낮춘 사이 한 마리가 폴짝 튀어 올라 이 부장의 가슴에 내려앉았다. 그는 주먹을 휘둘러 게를 내동댕이치고서 차 안에 다리를 집어넣었다. 잽싼 놈들 몇 마리가 차 안으로 침입하려 들었다. 이 부장은 차 문을 망치 삼아 재빠르게 닫았다. 막 차 안으로 들어오려던 게 한 마리가 차 문에 짓눌려 쪼개졌다. 그는 발끝으로 게 몇 마리를 밀어내고 마침내 차 문을 닫을 수 있었다. 이 부장은 서둘러 문을 잠그고 신발을 벗었다. 차 안을 돌아다니는 몇 마리의 게를 신발로 내리쳐 죽인 후에야 그는 안도했다.

게 떼는 포기하지 않고 차를 둘러싸기 시작했다. 창문이 새까맣게 뒤덮이기 전에 출발해야 했다. 이 부장은 신발을 신지도 못하고 액셀을 밟았다. 차량이 급발진하자 창문에 들러붙어 있던 게들이 속력을 이기지 못하고 나가떨어졌다. 그는 나뒹구는 게를 사이드미러로 확인하고선 환호의 욕설을 내뱉었다. 여길 얼른 벗어나서 신고를 하든 병원을 가든 하자. 안전해졌다는 생각에 긴장이 풀린 이 부장은 의자에 편히 몸을 기댔다. 딱딱한 것이 부서지는 듯한 소리가 들린 건 그때였다.

운전석과 자신의 등 사이에 단단하고 날카로운 것이 끼어 있었다. 이 부장이 비명을 지르며 뒤를 돌아보았다. 어느 틈에 들러붙었는지 게 수십 마리가 자신의 등에 빼곡히 매달려 있는 게 아닌가. 방금 자신이 등을 기대며 짓누른 게 몇 마리가 파편을 흘리며 추락했다. 이 부장이 한 번 더 압박을 가하고자 몸을 앞으로 당겼다. 그가 의자에 있는 힘껏 등을 부딪치기 직전, 살아남은 게들이 튀어 올랐다. 놈들은 뒤를 돌아보고 있는 이 부장의 얼굴을 덮쳤다. 입술에 달라붙은 게 한 마리는 집게발을 입 안으로 비집어 넣었다. 이윽고 말캉한 기관 하나를 붙잡은 녀석이 집게발로 가위질을 시작했다. 혀의 살점이 썩둑 잘리자 이 부장은 반사적으로 발작하듯 몸을 떨었다. 붙들고 있던 핸들이 엉뚱한 방향으로 기울었다. 흥분한 게 몇 마리가 거품을 쏟아내며 이 부장의 입속을 노렸다. 이 부장은 그들을 따라 하듯 피거품을 물었다. 할 수만 있다면 그는 욕설을 내뱉었을 것이다. 물론 게들이 알아들을 리 만무했지만.

비틀거리며 아무렇게나 달리던 차량은 민 차장의 머리를 걷어차더니 회사 정문으로 돌진했다. 차량은 게 떼와 함께 유리문을 박살 내고 정문을 틀어막았다. 이 부장은 혀가 사라진 얼굴을 에어백에 처박은 채 미동도 하지 않았다. 게 떼들은 사라진 정문을 넘어 유유히 회사 건물 안으로 진군하기 시작했다.

정민은 주차 금지 팻말을 무시하고 차를 세웠다. 정유에게 건 전화는 열 통이 넘어갔으나 한 번도 연결되지 않았다. 그는 발걸음을 재촉해 자취방으로 달려갔다. 문을 두드리고 초인종을 수 차례 눌렀으나 돌아오는 대답은 없었다. 정민은 디지털 도어록을 보며 머리를 굴렸다. 정유가 설정할 법한 비밀번호는 어떤 게 있지? 그는 정유의 생일을 입력해 보았으나 실패했다. 저택의 지하실로 향하는 통로의 비밀번호도 마찬가지였다. 하긴 가문을 그토록 싫어하는 사람이 그런 번호를 설정하진 않았으리라.

정민은 초조한 나머지 발만 동동 구르다 문득 떠오른 번호 하나를 입력했다. 문전 박대하던 도어록이 마침내 방문을 허락해주었다. 그가 지정한 비밀번호는 어머니의 생일이었다. 생각해 보면 가출한 이후에도 정유는 가족의 생일 때마다 조촐한 선물을 보내오곤 했다. 정민은 쓴웃음을 지으며 동생의 집으로 들어섰다. 방은 사람이 없었으나 고요하진 않았다. 어디선가 쿵쿵거리는 소리가 연신 울린 것이다. 나무가 삐걱이는 소리, 무거운 것을 떨어트린 소리, 누군가의 대화 소리, 약간의 고함과 웃음. 방음이 조금도 안 되는 집 구석이었다.

사람이 살고 있지 않다고 해도 믿을 만큼 가재가 거의 없었다. 정민은 황량한 방을 둘러보다 현관으로 발길을 돌렸다. 집에 없다면 어디에 있을까? 평일이니 회사에 출근했을까? 정유의 회사에 가보기로 결정한 정민이 문을 열자 웬 남자와 눈이 마주쳤다. 대머리에 선글라스 차림인 그는 정민을 보더니 말했다.

"뭐야. 그 아가씨한테 애인이 있단 소리는 못 들었는데?"

아가씨라고 하는 걸 보면 정유를 찾아온 사람인

걸까? 정민이 물었다.

"당신은 누구입니까? 정유랑 무슨 사이예요?"

남자는 정민을 위아래로 훑어보더니 품에서 지갑을 꺼냈다. 그는 지갑에서 명함을 빼내 정민에게 내밀었다. 텔레비전에 광고도 내보낼 만큼 유명한 사금융업체의 명함이었다.

"사채업자?"

"에이! 그렇게 면전에서 대놓고 사채업자라 하면 기분 상하잖습니까, 선생님. 저희도 정상적으로 영업하는 금융업인데."

"정유를 찾아온 겁니까? 어째서?"

"받을 돈이 있으니까 찾아왔죠. 그 아가씨가 회사에서 곧 큰돈을 받아서 빚을 다 갚을 수 있을 것 같다 하길래 기대했는데 며칠이 지나도 연락이 없지 뭡니까. 그래서 친절히 방문했는데 아무래도 여기에 없는 모양이죠?"

남자는 문틈으로 자취방을 확인하며 말했다. 정민은 유령이라도 보는 듯한 눈으로 남자를 응시했다. 받을 돈이라니? 빚쟁이한테서? 정유가 사채라도 썼단 말인가? 어째서 그런 중요한 일을 가족에게 숨긴 거지? 대체 얼마나 빌린 거야?

"뭐 그건 그렇고 우리 고객님이 어디 갔는지 알고 계신 게 있으시면……."

정민이 문을 닫고 뛰쳐나가는 바람에 남자의 말이 끊어졌다. 곰살궂게 굴던 남자가 목소리를 높이며 소리쳤다.

"인마, 거기 안 서? 당신 소정유랑 무슨 사이야!"

기습적으로 내달린 덕분에 정민은 빚쟁이를 따돌리고 탑차에 탈 수 있었다. 그는 차량의 글로브 박스를 열고 빚쟁이의 명함을 구겨 던졌다. 그 후 명함철을 꺼내 들었다. 몇 개월 전 정유에게 받은 명함을 찾은 정민은 내비게이션에 천도테크의 주소를 입력하고 핸들을 돌렸다.

"뭐가 이렇게 시끄러워."

품질팀의 신 대리가 짜증을 내며 중얼거렸다. 아까부터 바깥이 요란해서 당최 업무에 집중할 수가 없었다. 옆에서 일하던 양 주임이 그를 달래며 담배를 권유했다. 흡연장으로 나서려던 두 사람은 정문을 보는 순간 경악했다. 자동차 한 대가 정문을 틀어막고 있는 게 아닌가. 심지어 차량 주변엔 조그맣고 시커먼 것들이 꿈틀거렸다. 덩어리진 채 하나의 물결처럼 요동치는 그것을 바라보던 양 주임이 말했다.

"게? 저거 게 아니에요?"

"그러네. 왜 저런 게 여기에 있지?"

신 대리가 황당해하며 가까이 다가갔다. 이렇게 무수한 게 무리를 보는 건 난생처음이었다. 신 대리는 발을 내밀어 무리에서 벗어난 게 한 마리를 툭툭 쳤다. 게는 거품을 물며 집게발을 휘두르는가 싶더니 엎어져 버렸다. 그는 게 떼에 뒤덮인 차량을 보며 말했다.

"누가 게를 싣고 왔다가 사고를 낸 건가? 그런데 저거 이 부장님 차인데?"

"어? 운전석에 사람이 있는데요?"

양 주임이 에어백에 얼굴을 묻은 누군가를 가리켰다. 신 대리는 차량에 가까이 다가가려 했으나 바글거리는 게 떼를 뚫고 갈 용기는 없었다. 그는 잠시 물러서더니 스마트폰을 꺼냈다. 신고를 위해 전화 애플리케이션을 실행한 것과 게 떼가 치솟은 건 동시였다. 서로에게 떠밀려 더욱 속도를 낸 게 떼는 신 대리의 다리에 매달리는 데 성공했다. 놈들은 지체하지 않고 집게발을 다리에 박아 넣었다. 발목의 살점이 우묵하게 패자 그는 균형을 잃고 쓰러졌다. 양 주임이 재빨리 신 대리를 잡아당기지 않았다면 그의 다리도 게 떼로 새까맣게 뒤덮였으리라.

"다, 다리가 제대로 안 움직여."

신 대리는 똑바로 서려 애썼으나, 발에 체중을 실으면 격통이 찾아왔다. 찢어진 피부를 빙초산에 담그는 기분이었다. 양 주임은 핏물이 뚝뚝 떨어지는 신 대리의 다리를 살폈다. 모르긴 몰라도 평범한 게는 아니리라. 위험을 감지한 양 주임은 그를 부축하며 뒤를 확인했다. 정문은 차량과 게 떼로 막혔으니 위층으로 피신하는 게 우선이었다. 양 주임은 계단에 한 발을 올리며 물었다.

"계단 오를 수 있으세요?"

"한 번 해볼게."

신 대리는 멀쩡한 다리 하나로 자세를 잡았다. 그는 난간을 꼭 붙들고 도약하듯 계단을 올랐다. 게 떼들은 계단 아래로 하나둘 몰리더니 서로의 등을 타고 등반을 시작했다. 마치 두 사람을 본 후에야 계단이 통로라는 걸 자각한 양. 빠른 속도로 계단을 뒤덮는 게 떼의 모습은 검은 늪이나 다름없었다. 삽시간에 발을 삼키고 살점을 앗아가는 늪.

1층과 2층 사이 층계참에 도달한 신 대리는 잠시 멈추어 호흡을 가다듬었다. 발목의 통증이 점점 거세졌다. 옷에 가려져 상처가 얼마나 심한지는 알 수 없었으나, 새어 나온 핏물은 이미 양말과 신발을 다 적실 정도였다. 그는 아래를 힐끔 살폈다가 기겁하며 물러섰다. 불과 한두 뼘을 앞두고 게 떼가 들이닥친 것이 아닌가. 놈들이 높은 곳으로 향하는 요령을 터득한 것일까? 심지어 무리에서 벗어난 몇 놈은 난간을 타고 있었다.

신 대리는 다급하게 물러서느라 자신도 모르게 다친 발을 아래로 내렸다. 체중이 실린 발이 통증을 호소하자 그는 몸을 움츠렸다. 게 떼는 자세를 낮춘 신 대리를 좌시하지 않았다. 난간을 타고 오르던 게가 폴짝 뛰어올라 신 대리의 머리를 노렸다. 울퉁불퉁한 게 다리가 머리카락에 얽혔다. 그는 짐승의 울음을 닮은 괴성을 내지르며 머리를 털었다. 게는 끈질기게 매달리며 집게발을 놀렸으나 머리카락만 잘려 나갔다. 신 대리는 2층으로 펄쩍펄쩍 뛰어오르며 게의 몸통을 붙잡았다. 머리카락이 팽팽하게 늘어나자 두피가 벗겨지는 듯한 통증이 밀려왔다. 그가 고함과 함께 힘껏 잡아당기자 게는 머리카락을 뭉텅 뽑으며 나가떨어졌다. 신 대리는 떼어낸 게를 냅다 집어 던졌다. 벽에 얻어맞은 게는 잠깐 공중을 부유하더니 무리 속으로 사라졌다.

신 대리가 게 한 마리와 씨름하는 사이 양 주임은 2층과 3층을 연결하는 계단을 오르고 있었다. 뒤를 돌아본 그는 신 대리와 눈이 마주쳤다.

"가, 같이 가!"

잠깐 머뭇거리던 양 주임을 재촉한 것은 난간에서 튀어 오른 게였다. 게 몇 마리가 몸을 던지자 양 주임은 냅다 3층으로 도망쳤다. 신 대리는 꽁무니를 빼는 양 주임의 뒷모습을 보며 욕설을 내뱉었으나 그가 돌아올 리 없었다. 게 떼는 양 주임을 쫓아 3층으로 향하는 무리와 신 대리를 노리고 2층으로 방향을 튼 무리로 나뉘었다. 신 대리는 계단을 오르는 걸 포기하고 2층 복도로 몸을 돌렸다. 몇 년 전부터 버려진 공간인 2층은 발을 뻗을 때마다 먼지가 휘날렸다. 사람이 아무도 없으니 도움을 바라는 건 과분한 기대였다.

게 떼는 한 발로밖에 움직일 수 없는 신 대리를 어렵지 않게 따라잡았다. 다리로 뛰어든 게 떼는 냉큼 집게발을 찔러 넣고 발끝을 조였다. 우둘투둘하고 날카로운 집게발이 맞물리자 무언가 끊어지는 소리와 함께 신 대리가 엎어졌다. 핏물이 불꽃으로 변한 것도 아닌데 다리는 화상을 입은 듯 뜨거웠다. 그는 직감했다. 이제 일어서는 건 불가능할 것이라고. 힘줄이나 신경이 상한 모양이었다. 신 대리는 팔만으로 바닥을 기었으나 속도는 한심할 정도로 느렸다. 이제 곧 게 떼가 자신을 덮치리라. 고작 이런 곳에서 생을 마쳐야 한단 말인가? 게 따위한테 온몸이 쥐어 뜯겨 죽는다니, 장례식장에서 가족들이 비웃지나 않으면 다행이다.

울상을 짓던 신 대리의 손가락에 차가운 것이 닿은 건 그때였다. 시선을 돌린 그의 얼굴에 환희가 가득 찼다. 신 대리가 발견한 것은 버려진 손수레였다. 네 개의 바퀴가 달린 납작한 직사각형 바닥에 수직으로 손잡이가 달린 L자 모양 손수레. 신 대리는 손잡이를 붙들고 자신의 몸을 잡아당겼다. 가까스로 수레에 몸을 올린 그는 바닥을 손으로 짚으며 힘을 주었다. 수십 마리의 게가 그를 덮치려던 찰나 바퀴가 회전하며 앞으로 나아갔다. 다리가 바닥에 질질 끌리긴 했으나 속도는 방금과 비교도 할 수 없을 만큼 빨랐다. 그는 환호성을 내지르며 복도를 질주했다.

복도를 절반 정도 가로질렀을 때 그는 화물용 엘리베이터를 발견했다. 이 건물의 화물용 엘리베이터는 문이 양쪽으로 나 있어서, 건물 안과 밖 어디서든 출입이 가능했다. 2층 내부에서 엘리베이터를 타고 1층 외부로 곧장 나갈 수 있는 것이다. 그는 뒤를 돌아보았다. 게 떼와는 아직 수 미터가량의 여유가 있었다. 저 엘리베이터만 타면 무사히 탈출할 수 있으리라. 여기서 살아나간다면 이제 술자리 안주는 평생 걱정 없을 터. 신 대리는 입꼬리를 올리며 속도를 높였다. 오래도록 청소하지 않은 바닥을 짚느라 손이 베이고 찢기기 시작했으나 통증이 느껴지진 않았다.

엘리베이터 문에 다다른 신 대리는 잠시 얼어붙었다. 그러고 보니 무슨 수로 버튼을 누르지? 엘리베이터 버튼은 똑바로 섰을 때를 기준으로 허리 높이에 달려 있었다. 일어설 수 없는 지금 어떻게 저걸 누른단 말인가! 신 대리는 엎드린 채로 팔을 뻗어 보았으나, 손가락 하나 정도의 길이를 남겨두고 닿지 않았다. 억지로 몸을 일으키려 하자 곧바로 격통이 몰려왔다. 뒤를 보자 게 떼는 어느새 2미터가량을 남겨두고 있었다.

그는 손수레에서 내려오더니 그것을 양손으로 붙잡아 들어 올렸다. 수레 끝을 버튼에 겨누고 팔을 기울였다. 수레 자체가 묵직한데다 자세도 바르지 않으니, 힘을 쓰는 게 도통 간단한 일이 아니었다. 게 떼와의 거리 1미터.

무리하게 근육을 쏜 탓인지 팔이 지끈거린다. 수레 끝은 자꾸만 엉뚱한 곳을 때리고 있었다. 그는 수레

끝을 벽에 대고 천천히 이동시켰다. 수레가 가까스로 한 치를 이동할 동안 게 떼는 한 자씩 거리를 좁혔다. 느릿하게 기울어지던 수레는 팔에 쥐가 나기 직전 버튼을 때렸다. 1층에 서 있던 엘리베이터가 상승하기 시작했다. 그는 엘리베이터가 올라오는 걸 확인하자마자 손수레를 내던지듯 발치에 떨어트렸다. 막 다리를 덮치려던 게 떼는 수레에 가로막혔다. 그는 팔을 뻗어 수레를 밀어냈다. 수레가 기울어지며 게 몇 마리가 깔리고 말았다. 그는 문이 열리자마자 엘리베이터에 몸을 던졌다. 손수레에 가로막힌 게 떼들은 수레를 넘어 신 대리를 노렸다. 아직 여유가 있다.

신 대리는 재빨리 문을 닫으려다 멈칫했다. 엘리베이터 내부의 버튼도 땅을 기고 있는 그에게 너무 높은 것이 아닌가. 손가락의 길이가 두 배이기만 했어도 어렵지 않게 눌렀을 높이이건만. 다리를 다치지만 않았어도 아무렇지 않게 눌렀을 높이이건만!

게 떼를 바로 눈앞에 두고 있을 때, 신 대리는 바지 주머니에서 단단한 감각을 느꼈다. 그는 주머니에서 스마트폰을 꺼냈다. 스마트폰의 존재를 자각한 그는 그것의 모서리만을 잡고 버튼으로 팔을 뻗었다. 스마트폰의 끝이 닫기 버튼을 눌렀으나 신 대리는 환호

성을 지르지 못했다. 이미 게 떼가 엘리베이터 문을 넘어오기 시작한 것이다. 버튼의 명령에 따라 문을 닫던 엘리베이터는 문틈에 물체가 감지되자, 스스로를 활짝 열었다. 시커멓고 울퉁불퉁한 물결이 엘리베이터를 채웠다. 신 대리가 마지막으로 본 것은 자신의 눈을 향해 날아드는 육중한 집게발이었다.

천도테크의 담장을 넘어 주차장에 들어오자 어디선가 비명이 들리는 듯했다. 무슨 일인가 싶어 주변을 둘러보던 정민은 바글거리는 게 떼를 발견했다. 쉼 없이 샘솟는 그 검은 물결은 몇 해 전의 곰치 떼와 흡사했다. 정민은 게가 계속 튀어나오고 있는 게 무더기를 바라보았다. 게 떼의 중심에 누군가 누워 있었다. 그는 가슴을 움켜쥐고 심호흡했다. 아닐 것이다. 저기 누워 있는 사람이 정유는 아닐 것이다. 그래야만 한다.

제발.

정민은 탑차를 아무렇게나 세우고 냅다 밖으로 뛰쳐나갔다. 그는 탑차 짐칸으로 가 게들을 몰아낼 도구를 찾다가 뜰채를 하나 쥐었다. 그는 뜰채를 게 무더기에 박아넣고 삽으로 퍼 올리듯 팔을 휘둘렀다. 망에 붙잡힌 게들은 하릴없이 허공을 날아 내동댕이쳐졌다. 게 몇 덩이를 몰아내자 사람의 형체가 서서히 드러났다. 무거운 것에 짓눌리거나 무수한 사람들에게 얻어맞은 양 성한 곳이 없는 형체였다. 낯익은 여자의 모습. 근처에서 발견한 익숙한 기종의 스마트폰. 찢어진 옆구리에서 자꾸만 튀어나오는 게.

아니야.

정민은 시야가 일그러진 탓에 앞을 잘 볼 수 없는데도 손을 멈추지 않았다. 비질하듯 뜰채를 움직여 여자를 뒤덮은 게를 몰아냈다. 비로소 피에 젖은 여자의 얼굴을 확인한 정민은 뜰채를 떨어트렸다. 그는 엎어져 있는 여자의 몸을 뒤집더니 품에 안았다. 게들은 정민을 건드리지 않고 건물 안으로만 움직였다. 정민은 집게발에 가슴을 난도질당한 양 부르짖었다. 말뜻을 헤아릴 수 없는 가장 원초적인 울음. 언어가 있기 이전의 언어가 쏟아졌다.

"도망쳐요! 밑에 게가! 게들이 사람을 덮쳐요!"

아무리 일하기 싫은 평일 오전이라지만 농담의 정도가 심했다. 3층을 내달리는 양 주임의 고함에 직원들이 하나둘 밖으로 나왔다. 뭐 하는 짓이냐며 화를 내는 직원들에게 양 주임은 소리쳤다.

"계단에 게들이 잔뜩 있다니까요! 바, 방금 신 대리님도 당하셨고. 자세히 보진 못했지만 이 부장님 차도 망가져 있고! 다 도망쳐야 된다고요!"

횡설수설하는 양 주임의 모습에 설득력 따위가 있을 리 없었다. 그는 몇 마디를 더 내뱉다가 포기하고서 홀로 4층으로 도망쳐버렸다.

"저게 낮술이라도 마셨나……."

뒤늦게 고개를 내민 최 부장이 중얼거렸다. 양 주임이 계단으로 사라지고 얼마 지나지 않아 시커먼 것이 쿨렁거리며 모습을 드러냈다. 정체를 파악하기도 전에 검은 물결은 계단과 가장 가까이 있던 직원 하나를 덮쳤다. 온몸을 뒤덮은 게 떼가 집게발을 뻗어 일제히 살점을 오렸다. 직원은 비명 한 번 제대로 못 지르고 먹잇감이 되었다. 얼핏 보인 피부는 파쇄기에 집어넣은 종이처럼 너덜너덜했다. 그제야 정신을 차린 직원들이 도망치기 시작했다. 누군가는 양 주임을 따라 계단으로 도망치다 게 떼에 붙잡혔고, 누군가는 사무실로 들어가 문을 아예 잠가버렸다. 발이 느린 직원 한 명이 뒤늦게 사무실 문을 두드렸으나 잠금장치는 열리지 않았다. 사무실에 미련을 가지던 직원이 다음 먹잇감이 되는 걸 보던 최 부장은 그제야 발을 움직였다. 그는 복도 깊숙한 곳까지 달려가다 자재 창고로 숨었다. 서둘러 창고 문을 잠근 그는 바깥의 동태를 살폈다. 게 떼는 두 무리로 나뉘어 각각 사무실과 4층 계단으로 향하는 모양이었다. 자재 창고는 아직 안전할 터. 최 부장은 스마트폰을 꺼냈다. 빌어먹을. 게 떼가 사람을 덮칠 땐 어디에 신고해야 하지? 잠깐 망설이던 그는 119를 입력했다. 어디서 웬 게가 겁나게 몰려와 사람을 죽이고 있다고 말할 땐 스스로도 어이가 없었다. 신고를 받은 대원도 장난 전화로 치부하는 낌새였다. 최 부장은 다급하게 소리쳤다.

"이 자식아! 헛소리로 들릴 건 아는데 진짜로 게가 사람을 잡아먹고 있다니까? 장난 전화라 생각해도 되니까 일단 와! 장난 전화 거는 놈 잡으러 경찰까지 데려와도 되니까 제발 와서 우리 좀 구해줘!"

초조한 목소리에서 무언가를 느낀 것일까? 대원은 특별한 말대꾸 없이 주소를 물었다. 그는 천도테크의 주소를 불러주고 최대한 빨리 와달라 당부하고선 전화를 끊었다. 다시 바깥을 살핀 최 부장은 믿지 못할 광경에 숨을 들이켰다. 사무실에 몰려든 게들이 함께 뭉쳐 문을 압박하고 있는 게 아닌가. 게 떼가 어찌나 많이 모였는지 작은 언덕이라고 해도 이상할 게 없었다. 헤아릴 수 없을 만큼 무수한 게 떼들이 한꺼번에 몰려들자 사무실의 유리문에 금이 가기 시작했다. 얼마 버티지 못할 것이다. 최 부장은 상자를 날라 자재 창고의 문 앞에 차곡차곡 쌓았다. 임시로 방벽을 만든 셈이지만 불안은 가라앉지 않았다. 저렇게 많은 수가 한꺼번에 몰려들면 이런 상자도 간단히 파고들 수 있지 않겠는가. 그렇지만 이미 복도는 게 떼가 점령해서 밖으로 나갈 수도 없다. 갇혔단 걸 자각한 최 부장의 얼굴이 한껏 구겨졌다.

유리가 깨지는 소리. 사무실에서 비명이 겹쳐 울렸다. 최 부장은 몸을 벌벌 떨며 창고 안쪽으로 도망쳤다.

시야가 붕 떠오르는 기분이었다. 비명이 들리지 않았다면 정민은 몇 시간이고 그 자리에서 연신 눈물을 쏟았으리라. 어렴풋하게 들리는 괴로움의 호소. 정민은 고개를 들고 회사 건물을 바라보았다. 자세한 상황 파악은 나중에. 지금은 기선의 곰치 떼와 같은 사태일 게 분명하다. 그는 부드럽게 정유를 내려놓더니 탑차를 가까이 끌고 왔다. 짐칸에 늘 싣고 다니는 수조는 바닷물로 가득했다. 수조를 채울 때만 해도 너무 병적인 습관이라 생각했는데 이렇게 쓸 날이 올 줄이야. 그는 바닷물이 든 물통을 가져와 뚜껑을 열었다. 정유의 찢어진 상처에 바닷물을 붓자 붉은 거품이 일었다. 깨진 독에서 내용물이 빠져나오듯 연달아 쏟아지던 게가 그제야 사라졌다.

차마 정유를 똑바로 바라볼 수 없던 정민은 시야를 다른 곳으로 돌렸다. 주차장은 게들만의 모래사장이 된 지 오래였고, 회사 직원으로 보이는 사람의 시체도 있었다. 그는 회사 정문을 들이받은 차량을 응시했다. 이미 자기 혼자 수습하기엔 상황이 너무 커졌다. 여길 벗어나는 게 급선무일 터.

정민은 어렵지 않게 여동생을 품에 안고 들어 올릴 수 있었다. 매일 나르던 무거운 수조에 비해 터무니없이 가벼웠다. 잃어버린 피와 살점 탓에 더 가벼울 거라 생각하니 다리에 힘이 풀릴 뻔했다. 그는 엉거주춤하며 균형을 잡고서 짐칸의 수조에 여동생을 집어넣었다. 정유는 아무런 저항 없이 수조 밑으로 가라앉았다. 피를 머금은 바닷물이 스스로를 검붉게 물들였다. 정민은 주먹 쥔 손을 수조 위에 올렸다가 운전석으로 돌아갔다. 재차 시야가 흐려진다. 정민은 눈을 비비더니 핸들을 쥐었다. 이윽고 탑차는 천도테크를 벗어나 차도로 진입했다.

폐에 공기 대신 바위를 집어넣는 기분이었다. 양 주임은 진작 담배를 끊을 걸 그랬다고 후회하며 계단을 올랐다. 기껏 경고를 해줬는데도 회사 직원들은 믿지 않았다. 이제 살아남는 건 그들의 몫이다. 자신은 충분히 할 일을 다 했지 않은가. 양 주임은 4층 층계참에서 주변을 두리번거렸다. 오랫동안 비어 있던 4층은 널찍하고 황량했다. 방 몇 개는 문짝조차 없이 뻥 뚫려 있고, 쓸 만한 물건도 보이지 않았다. 잠깐 달리며 도망치기엔 수월할지 몰라도 결국 게 떼에게 잡히고 말리라. 빠르게 판단을 마친 양 주임은 옥상으로 달려갔다. 옥상은 디지털 도어록이 달린 문이 유일한 출입구다. 옥상으로 가서 문을 닫고 농성하듯 버티면 구조대가 올 때까지의 시간은 벌 수 있을 터. 놈들이 아무리 날래고 수가 많더라도 금속으로 만든 단단한 문을 뚫어내는 건 불가능하다. 최악의 상황엔 맞닿아 있는 다른 건물로 뛰어 도망쳐도 되지 않겠는가. 완벽한 계획이다. 적어도 옥상 문에 다다르기 전까진 그랬다.

양 주임이 몇 번이나 비밀번호를 입력했으나 문은 열리지 않았다. 불과 어제까지만 해도 잘만 열리던 문이 어째서? 설마 누군가 이미 안에 들어간 것일까? 양 주임이 문을 두드리며 소리쳤으나 돌아오는 대답은 없었다. 그는 다급하게 계단을 확인했다. 게 떼가 막 4층에 오르려던 참이었다. 조금이라도 지체하는 순간 계단이 모조리 게 떼에 휩싸여 옥상 문 앞에 갇힐 게 뻔했다. 차라리 4층에서 엘리베이터를 타고 1층으로 도망치자.

재빨리 머리를 굴린 양 주임은 계단을 한 번에 서너 단씩 뛰어내리며 4층으로 달려갔다. 그는 층계참을 뒤덮은 게 떼를 냅다 짓밟았다. 등딱지가 빠개지는 소리는 마치 게들이 단말마의 비명을 지르는 듯 느껴졌다. 어찌나 빠른 속도로 내달렸는지 양 주임은 습격 한 번 받지 않고 4층 복도로 들어서는 데 성공했다. 그는 망설이지 않고 엘리베이터 버튼을 눌렀다. 물론 같은 탈출 경로를 선택한 사람이 있단 걸 양 주임이 알 리 없었다.

엘리베이터가 열리자 문에 기대고 있던 게들이 쏟아졌다. 양 주임은 게 무리가 먹어 치우고 있던 신 대리를 알아보고 비명을 질렀다. 손상된 얼굴은 마치 불그죽죽한 진흙을 뒤집어쓴 것처럼 보였다. 늘 믿음직했던 선배가 한낱 게들의 먹잇감이 되어 나뒹군다. 직장 생활도, 인생도, 탈출 시도도, 죽음도 모두 선배.

엘리베이터에서 굴러나온 게 한 마리가 양 주임의

다리를 찔렀다. 그가 황급히 다리를 휘둘렀지만 집게발이 살점을 약간 도려낸 후였다. 달리는 데 지장이 있을 만큼 심한 부상은 아니었으나, 홧홧하게 치솟는 통증을 무시할 순 없었다. 그는 앞뒤로 몰려오는 게들을 피해 아무 방에나 몸을 던졌다. 하필 문짝이 사라진 방이라 게들을 막을 방법이 아무것도 없었다. 양 주임은 방구석으로 다가갔다가 창문을 열었다. 엘리베이터, 정문, 계단 모두 막혔으니 일반적인 경로로 탈출하는 건 불가능했다.

하지만 뛰어내린다면?

그는 창밖으로 고개를 내밀었다. 이 정도면 그렇게 높아 보이진 않는데⋯⋯. 말만 4층이지 생각보다 땅이 가까워 보였다. 수직으로 서 있으니 높다고 느끼는 것일 뿐, 수평으로 눕히면 달려서 수 초 만에 통과 가능한 거리지 않은가. 회사를 둘러싼 담장을 넘어 뛰어내리면 게들을 따돌리는 건 일도 아니리라. 고작해야 4층이지 않나. 다리야 조금 다칠 수 있겠지만 충분히 해 볼 만하다.

양 주임이 각오를 굳힌 순간 게 떼는 그의 등 뒤까지 따라붙었다. 그는 창틀을 붙잡고 다리를 올렸다. 몇 마리가 매달렸는지 몸이 무거워지는 게 느껴졌다.

그는 착지 지점을 가늠하고선 냅다 발을 떼었다.

 미안하다고 했다. 잘해보려고 했는데 망쳤다고 했다. 더는 못하겠다고 했다.
 기선이 그랬듯 정유도 스스로 목숨을 끊은 걸까? 회사에서 대체 무슨 일이 있었길래? 정민은 정유가 평소에 어떻게 지내고 있었는지 조금도 알지 못했단 걸 깨달았다. 여동생이 무슨 일을 하고, 누구와 만나고, 얼마나 큰 괴로움을 겪고, 어떤 심정으로 전화를 걸었는지 조금도 알 수 없었다. 어느새 홀로서기를 해낸 동생이기에 마냥 잘 지낼 것이라고만 생각했다. 그저 주변에 의지할 것이 없으니 홀로 선 것처럼 보였을 뿐인데.
 손끝이 차가워지고 코로 소금물을 들이켠 양 숨이 갑갑해졌다. 정민은 차를 세우고 고개를 푹 숙였다. 여동생은 독립한 것이 아니라 방임되었다. 정유의 등을 떠민 손에는 자신의 것도 있었으리라. 그 아이는 한 마리 게였다. 얼핏 육지에서도 잘 살 수 있는 듯 보이지만, 사실 아가미가 젖어있지 않으면 숨을 쉴 수 없는 게. 어떻게든 살고자 거품을 머금고 호흡하던 게. 끝내 견디지 못하고 등딱지가 부서진 게.

정민은 파들거리는 손으로 스마트폰을 집어 들었다. 눈물이 화면에 떨어지는 바람에 몇 번이나 손이 미끄러지고 말았다. 그는 한참 후에야 어머니에게 전화를 걸 수 있었다.

상자 하나가 굴러떨어졌다. 사무실을 휩쓴 게 떼가 마침내 자재 창고에 들이닥친 것이다. 아직은 유리문이 버텨주고 있지만 오래가진 못할 것이다. 벌써 유리 깨지는 소리가 들리고 있지 않은가. 최 부장은 벽에 찰싹 달라붙어 있었다. 그렇게 하면 벽을 통과해 도망칠 수 있기라도 하다는 듯이.

그는 신경질적으로 고개를 돌렸다. 도움이 될 만한 물건을 찾아야 했다. 창밖을 힐끔거렸지만 구조대는 보이지 않았다. 구조대가 도착하면 자신은 게 떼에게 잡아먹힌 채로 그들을 반기게 되리라. 최 부장이 욕설을 내뱉는 사이 상자 하나가 재차 추락했다. 그는 닥치는 대로 벽을 더듬고 창고를 뒤적거렸다. 접힌 채로 차곡차곡 쌓여 있는 종이 상자, 균형이 안 맞아 살짝 기울어져 있는 철제 랙, 기름걸레와 소형 진공청소기, 박스 테이프와 커터 칼, 컴퓨터⋯⋯. 실내를 훑던 최 부장은 창가에서 걸음을 멈추었다. 항상 같은 자리에 있어 존재조차 잊고 있던 그것. 사용하긴커녕 설명서 한 번 읽어본 적 없던 그것. 이 상황을 타개할 수 있는 유일한 그것. 완강기를 발견한 최 부장이 미소를 그렸다.

완강기를 타고 창밖으로 탈출하는 수가 있었다니! 그는 오랜 탈수 끝에 저수지를 발견한 사람처럼 감열했다. 그는 완강기 보관함의 사용 설명서를 빠르게 읽었다. 창문을 열고 지지대에 완강기를 연결한 뒤, 줄을 창밖으로 던지고 완강기 벨트를 몸에 고정하여 내려가기만 하면 되었다. 이곳은 3층이니 심하게 높지도 않다. 충분히 할 수 있으리라. 그는 보관함의 구성품을 꺼내 상태를 확인했다. 몇 년 동안 처박혀 있던 물건치곤 말짱한 듯싶었다. 최 부장은 창고 문을 힐끔거렸다. 완강기를 준비할 시간은 충분해 보였다. 그는 지지대를 창밖으로 내밀고자 창문을 밀었다. 사람의 몸보다 큼직한 여닫이 창문은 바깥으로 열리는 구조였다. 완강기를 수월하게 사용할 수 있게끔 창문을 크게 만든 설계인 모양이다.

최 부장이 벌컥 연 문짝이 바깥을 향했다. 별안간 문짝에 무언가 충돌한 건 그 시점이었다. 묵직한 그것은 대뜸 위에서부터 떨어지더니 문짝에 얻어맞고 담장으로 추락했다. 찰나의 순간이었으나 최 부장은 추락한 것의 정체를 똑똑히 보았다. 심지어 자신과 눈이 마주치기까지 한 그는 바로 양 주임이었다. 대체 양 주임이 왜 위에서 떨어진 거지? 최 부장은 창틀을 붙잡고 창밖으로 상반신을 내밀었다. 그의 시선 아래엔 핏자국이 선명한 담장이 있었다. 담장 아래 처박힌 양 주임은 고개가 심하게 꺾여 있었다. 문짝에 부딪힌 탓인지, 담장에 부딪힌 탓인지는 몰라도 이마가 어깨에 닿을 정도로 목이 구부러져 있는 게 아닌가. 최 부장은 벌벌 떨며 양 주임을 바라보았다. 방금 자신이 창문을 연 탓에 양 주임이 죽은 건가? 아니! 애초부터 위에서 추락하고 있었잖아. 자신의 탓이 아니다. 창문에 양 주임이 부딪친 건 순전히 우연이다!

 최 부장은 행여 양 주임과 다시 눈이 마주칠까 두려워 시선을 돌렸다. 그런데 양 주임이 왜 위에서 나타난 거지? 최 부장은 슬그머니 위를 확인했다가 무언가에 얻어맞았다. 방금 자신과 부딪친 것이 게라는 걸 자각한 순간, 게 떼가 우박처럼 쏟아지기 시작했다. 4층 창문에서 무수한 게 떼가 뛰어내린 것이다. 최 부장은 얼굴에 쏟아지는 게 떼를 털어내며 창문에서 멀어졌다. 잽싼 집게발 하나가 눈두덩이를 꼬집었다. 뾰족한 다리에 긁힌 뺨에서 피가 흘렀다. 얼굴에 달라붙은 게를 떼어내며 뒷걸음질 치던 그는 완강기 부품에 걸려 넘어지고 말았다. 바닥에 등을 얻어맞은 그가 숨을 토해냈다. 게 한 마리가 그때를 놓치지 않고 귀를 붙잡았다. 스케치북에서 종이 하나를 뜯어내듯 귀가 떨어졌다. 최 부장은 귀가 있던 부위를 감싸 쥐고 바닥을 뒹굴었다. 운 없던 몇 마리 게가 최 부장의 몸에 짓눌려 등딱지가 부서지고 말았다. 귀를 감싸 쥐고 한참 비명을 지르던 최 부장은 주변이 어두워진 후에야 알아차렸다. 자재 창고의 유리문이 깨졌다는 것을. 자재 창고로 침입한 게 떼가 자신을 둘러싸고 있었다. 그의 모든 부위가 귀와 같은 꼴이 되기까진 그리 오래 걸리지 않았다.

영자가 전화를 받았을 때 정민은 대화가 힘들 만큼 통곡하고 있었다. 아들의 흐느끼는 목소리를 듣는 게 얼마 만인지 알 수조차 없었다. 영자는 뭉개진 아들의 발음을 해석하느라 진땀을 빼야 했다. 가까스로 말뜻을 알아들었을 땐 해석을 잘못했나 의심해야만 했다. 정민이 토악질하듯 몇 번이고 소리친 후에야 영자는 자신이 잘못 알아들은 게 아니란 사실을 깨달았다.

"그게 정말 정유 맞아? 다른 사람 시신과 착각한 건 아니고?"

"제가 그 애를 못 알아볼 리가 없잖아요……. 시신에서 게가 나오는 것도 봤어요. 작은아버지 때랑 똑같아요. 그때 그 곰치처럼 게가 어마어마하게 쏟아져서 이미 죽은 사람도 있어요."

정민은 울음기가 아직 가시지 않았으나 대화가 가능한 수준까지 진정한 듯싶었다. 영자는 말을 이었다.

"게란 말이지……. 지금은 어디 있니? 혹시 아직 그 회사야?"

"정유 데리고 회사 벗어났어요. 수조에 넣어뒀으니까 더는 문제 없을 거예요."

"일단 알겠다. 넌 곧바로 집으로 돌아와. 다른 건 다 집안 어른들이 처리할 테니까 넌 정유만 신경 쓰렴."

"알겠어요……."

정민은 통화를 끊고 뒤를 확인했다. 소가수산에서 쓰는 탑차는 운전석에서 짐칸을 바로 확인할 수 있게끔 창이 달려 있다. 창 너머의 정유는 붉은 물에 가려져 형체만 알아볼 수 있었다. 가문이 이 일을 덮을 수 있을까? 소씨 가문과 무관한 공간에서 벌어진 살육 사건마저? 무수한 게가 사람을 죽인 미증유의 참사마저?

가문이 사회에 미치는 영향력이 어느 정도인지는 정민마저 알지 못했다. 기선이 자살했을 때 가문에서 벌어진 떼죽음을 은폐한 건 자신이 아니었으니까. 정민은 의외로 간단하게 일이 처리될지도 모른단 생각이 들었다. 세대가 몇 번이나 바뀔 만큼 오랜 시간 동안 죽음을 이용해온 가문이지 않은가. 이제 와서 타인의 죽음에 손을 대는 건 일도 아니리라. 정유가 어쩌다 죽음을 맞이했고, 천도테크의 직원들이 어떻게 숨을 거두었는지 그 누구도 신경 쓰지 않게 될 것이다. 가문의 비밀은 사회에 드러나지 않고, 소가수산은 늘 그랬듯 죽음의 부산물을 판매할 터.

정민은 내비게이션을 응시했다. 탑차는 순조롭게 소매시를 향해 전진하고 있었다. 이대로 정유를 집에 데려가도 되는 것일까? 끔찍한 가업을 견디지 못하고 집을 나선 아이를 가문에 되돌려놔도 되는 것일까? 영영토록 썩지 않는 여동생을 가문의 지하실에 가둬버려도 되는 것일까? 정유는 결코 그런 걸 원하지 않을 텐데.

문득 정민은 차량 내부를 가득 메운 바다 냄새를 자각했다. 평소에는 풍기는지도 몰랐던 그 냄새가 오늘따라 역하게 다가왔다.

 자신의 방 책상에 엎드려 있던 대표가 퍼뜩 눈을 떴다. 아까부터 요란한 소리가 들리던 것 같은데 지금은 불쾌할 정도로 고요했다. 잠결에 잘못 들은 소리일까? 그는 기지개를 켜며 수마를 몰아내려 애썼다.
 거래처와의 회식을 마치고 집으로 돌아왔을 때가 새벽 4시경이었다. 출근길에도 꾸벅꾸벅 졸면서 운전하느라 몇 번이나 사고가 날 뻔했다. 다행히 오늘은 급한 업무가 없었기에 그는 잠시 눈을 붙이기로 했다.
 수 시간을 잤는데도 피로는 가시질 않았다. 불편한 자세로 잔 탓인지 어깨와 허리가 뻐근했다. 어지럼증이 머리를 때리자 그는 관자놀이를 꾹꾹 누르며 신음했다. 탕비실의 냉장고에 숙취 해소제가 있을 터. 대표는 탕비실로 향하고자 문을 열었다. 자신의 방과 맞닿아 있는 사무실은 침묵을 지키고 있었다. 평소 같았으면 통화하는 소리나 대화 소리, 하다못해 마우스를 클릭하고 키보드를 두드리는 소리라도 나야 할 텐데. 의아함을 느낀 대표가 사무실 안쪽으로 발길을 옮겼다. 손 하나를 발견한 것은 그때였다. 몸 전체가 칸막이에 가려져 있었지만 손의 위치로 보아 누군가 바닥에 누워 있는 듯 보였다.

"거기 누구니? 왜 그런 데 누워있어?"

칸막이로 다가간 대표는 소스라치게 놀라며 뒷걸음질했다. 손의 주인이 웬 돌무더기 같은 것에 깔려 있는 게 아닌가. 검붉은 물로 흥건한 돌들이 스스로 움직였다. 돌에는 다리가 달려 있었는데, 무수한 다리가 한꺼번에 움직이는 꼴은 마치 사람보다 거대한 지네가 꿈틀거리는 듯 보였다. 대표는 집게발을 보고 나서야 저것들이 어마어마한 수의 게라는 걸 알아차렸다. 게들은 대표가 당황하여 얼어붙은 틈을 놓치지 않았다. 앞서 나간 게 수십 마리가 다리에 달라붙은 것이다. 빼곡하게 모여든 집게발이 움직이자 입고 있던 바지는 삽시간에 넝마 조각이 되었다. 물론 그의 피부라고 다를 건 없었다. 대표는 비명을 지르더니 가장 가까이 있던 책상의 키보드를 집었다. 억지로 키보드를 잡아당기자 선으로 연결된 본체가 휘청이다 굴러 떨어졌다. 대표를 노리던 게 몇 마리가 본체에 깔려 몸이 터져버렸다. 그는 키보드를 다리에 대고 긁어내리듯 움직였다. 키보드에 밀려난 게들이 하나둘 떨어졌다. 그는 다리를 절뚝거리며 움직였다. 사무실 바깥으로 도망치려 고개를 돌리자 박살 난 문이 보였다. 유리 조각으로 화한 문을 대신하려는 양 게들이 한껏 뭉쳐 있었다. 사무실의 유일한 출입구가 막히자 대표는 자신의 방으로 달려갔다. 게 떼는 그를 둘러싸며 포위망을 좁혔다. 마치 비좁은 곳으로 몰아넣듯이.

방에 도착한 대표가 문을 닫으려는 순간 게 한 마리가 튀어 올라 그의 다리에 달라붙었다. 이미 너덜너덜해진 다리는 무언가 닿는 것만으로도 통증을 유발했다. 대표가 주저앉자 그의 손이 바닥을 때렸다. 검은 물결이 일제히 몰려들어 손을 집어삼켰다. 대표가 손을 들어 올렸을 때 그곳엔 엄지만이 달려 있었다. 손가락 네 개가 있던 자리에는 엉망으로 찢어진 거죽만이 흔들거렸다. 대표는 손을 감싸 쥐며 비명을 질렀다.

"거기 누구 없어? 좀 도와줘! 아무나 와봐!"

고함을 들어줄 이들은 단잠을 자는 사이 그를 앞서간 지 오래다. 게들은 살점을 하나씩 훔치며 대표를 차근차근 갉아먹었다. 게 몇 마리는 아예 피부밑으로 파고들며 내부를 헤집기 시작했다. 대표는 몰려드는 게 떼를 보며 생각했다. 이럴 줄 알았으면 졸음운전으로 아침에 사고나 낼걸. 스스로의 몸이 분해되는 소리를 들으며 대표는 몸부림쳤으나, 게들의 식사는 멈추지 않았다.

잠시 후 구조대가 도착하고, 주차장의 시체를 발견하고, 게 떼의 습격을 받고, 사태의 심각성을 깨닫고, 지원을 불러 조사와 수색을 시작하긴 했으나 그들에겐 아무래도 좋을 일이었다.

* * *

파도는 세차게 돌진해 절벽을 들이받고 스스로를 부서트렸다. 정민은 쪼개지는 파도를 물끄러미 바라보았다. 그가 서 있는 곳은 소가수산에서 차로 30분 거리에 있는 해안 절벽이었다. 옛부터 실족사가 자주 일어났기에, 소매시에 사는 사람이라면 자연스레 피하게 되는 장소였다. 그는 절벽 끝으로 발을 한 발짝씩 내밀었다. 저 밑으로 뛰어내리는 상상을 하는 것만으로도 등골에 소름이 끼쳤다. 머릿속에 그려보는 것조차 두려운데 그걸 어떻게 실행한 걸까? 기선도, 정유도 차라리 그게 더 낫겠다고 생각한 걸까? 아니면 그것밖에 길이 없었을까?

정민은 짐칸으로 향했다. 유리로 된 관에 얌전히 누워있는 여동생. 악몽을 꾸는 듯 일그러진 표정을 보자 죽음마저 그에겐 안식이 되지 못했단 생각이 들었다. 상처에 닿는 바닷물이 얼마나 쓰라릴까. 심하게 손상된 몸은 마치 구둣발에 짓밟혀 깨진 게딱지 같았다.

정유를 위해서라도 집으로 돌아갈 수는 없었다. 탐욕스러운 지하실은 정유의 시신을 삼키고선 결코 내뱉지 않을 테니. 기선의 선례를 고스란히 뒤따르는 셈이다. 그렇다면 경찰로 찾아가는 게 나을까? 시신에서 나오는 게를 증거 삼아 가문의 비밀을 폭로하고, 정유가 어쩌다 죽음에 이르게 되었는지 파헤쳐야 할까?

그럴 수 없다. 정유를 사회에 드러내는 건 너무도 위험한 일이다. 정유는 살인 게 떼를 무한히 잉태하는 존재가 되었으니까. 바닷물로 적셔두지 않으면 무조건 폭발하는 폭탄과 마찬가지다. 소씨 가문의 비밀을 세상이 알게 되었을 때, 시체를 이용하려는 사람이 과연 한 명도 없을까? 친족마저도 시체를 이용하는데 무관한 타인은 얼마나 더 냉혹해지겠는가. 누군가의 악독한 마음이나 사소한 사고를 계기로 무수한 사람이 목숨을 잃을지도 모른다. 가문에도, 사회에도 기댈 수 없다면 정유의 시신을 처리할 수 있는 방법은 하나뿐이었다.

정민은 수조 뚜껑을 열고 정유를 끌어안듯 붙들었다. 축축한 촉감. 소금기가 묻어나는 짠 내. 물을 머금은 탓인지 시신은 몸이 휘청일 만큼 무거워져 있었다. 그는 정유를 수조 밖으로 꺼내더니 엉망이 된 머리카락을 손으로 정리하기 시작했다. 일그러진 얼굴도 정돈해주고 싶었으나 편안한 표정을 만드는 건 쉽지 않았다. 정민은 동생의 얼굴에서 손을 떼었다. 인위적으로 평온한 모습을 만드는 게 무슨 의미가 있겠는가? 그는 피가 묻는 것도 아랑곳 않고 정유를 품에 안아 들어 올렸다. 정민은 주변에 아무도 없는 걸 확인한 뒤, 짐칸을 나섰다. 걸음을 옮길 때마다 물이 뚝뚝 떨어지며 정유의 발자국을 대신했다.

 절벽에 가까워질수록 바람이 거세게 요동쳤다. 젖어서 피부에 착 달라붙은 머리카락이 조금씩 흔들렸다. 차가운 여동생이 꼭 물렁물렁한 얼음처럼 느껴졌다. 아무리 기다려 보아도 숨 한 줄기조차 내뱉지 않는 얼음. 정민은 싸늘한 피부를 안고 절벽 끝에 섰다. 발을 헛디디는 순간 모든 게 끝나는 장소. 아니, 이곳에서 떨어져 죽은 사람이 그저 한 명 늘어날 뿐이다. 모든 게 끝난다니. 한 사람의 죽음에 그런 거창한 의미는 결코 담겨 있지 않다. 이 부질없고 자연스러운 현상에 무슨 가치가 있겠는가? 설령 죽음을 맞이하는 과정이 부자연스러웠다고 해도 말이다.

정민은 바다에 팔을 뻗듯 손을 앞으로 내밀었다. 안겨 있던 정유가 반 바퀴 구르는가 싶더니 이내 품에서 벗어났다. 두 번째 추락. 정민은 너덜너덜한 몸뚱이가 작아지는 모습을 모조리 지켜보았다. 이윽고 파도가 정유를 삼키더니 재차 절벽을 들이받았다. 파도 소리가 거센 탓인지 정유가 바다에 빠지는 소리는 들리지 않았다. 정민은 정유가 사라진 자리를 오래도록 응시했다. 그렇게 하면 동생이 떠오르기라도 한다는 양.

하얀 포말이 자유롭게 스스로를 일그러트렸다. 얼음을 쥐고 있는 것도 아닌데 손은 여전히 축축하고 차가웠다. 자신의 저항이란 고작 이 정도였다. 누구도 정유를 이용할 수 없도록 바다로 되돌려 보내는 일. 죽음을 죽음 그 자체로 다루는 일. 죽음은 부가 가치를 가진 재산이 되어선 안 된다. 그 누구도 그걸 누릴 자격이 없다. 죽음은 오롯이 한 사람의 삶이 종료되었다는 의미를 가져야 한다. 그 이상의 의미를 부여하는 순간 산 사람은 죽음을 똑바로 바라볼 수 없게 되니까. 죽음에 주렁주렁 매달린 각자의 이익을 탐하는 순간 망자는 마지막 휴식마저 취할 수 없게 되니까.

언제든 자신은 나설 수 있었다. 처음 지하실에 들어가 가문의 비밀을 알게 되었을 때. 할아버지가 기선의 딸을 칼로 겨누었을 때. 기선이 마지막으로 애원했을 때. 정유가 집을 나섰을 때. 아버지가 죽고 어머니가 가업을 관리하기 시작했을 때. 자신이 소가수산의 대표가 되었을 때. 정유와 통화를 나누었을 때. 자신이 침묵한 대가를 가족들이 대신 치르고 있었다. 그 침묵을 곁에서 지켜보았기에 정유는 도움을 청하지 않았으리라. 평생 고독하게 내버려 둔 것도 모자라, 죽음마저도 고독한 심해 속에 가라앉힌 장본인은 다름 아닌 정민이었다.

비로소 정유의 죽음을 목도한 정민은 그대로 주저앉았다. 가문의 핏줄도, 사람을 죽이는 게 떼도 모조리 멀어지는 기분이었다. 지금 이곳에 남은 건 소정유라는 인물이 죽었다는 사실뿐이었다. 여동생을 잃은 오빠뿐이었다. 정민은 난생처음으로 순수하게 애도할 수 있었다. 그와 동시에 지금껏 불순하게 죽음과 마주한 모든 순간이 견딜 수 없이 끔찍해졌다. 여태껏 가업을 거든 스스로가 어찌나 역겨운지. 올지 안 올지도 모르는 무언가를 마냥 기다리던 스스로가 얼마나 한심한지. 이 고약한 자책은 바다를 모조리 삼킨다 해도 씻어낼 수 없으리라. 치솟는 충동. 기선도 이런 기분이었을까? 무엇도 바꾸지 못하는 자신이 혐오스러워 스스로를 죽이지 않고선 견딜 수 없었던 것일까?

정유의 게는 정민을 공격하지 않았다. 단순한 우연일 리 없었다. 그 역시 정유의 뜻이 아니었을까? 죽음이 정말 무의미하다면, 정민이 살아남은 것에는 무언가 의미가 있을 터였다. 그 의미는 행동하지 않는 한 퇴색되고 말리라. 죽음과 같은 삶을 살 수는 없었다. 그는 아직 스스로를 죽일 수 없었다. 설령 이제부터 행할 일이 혼자의 힘으로 바다를 비우듯 터무니없는 행위라 할지라도, 그는 저항해야 했다.

바람이 정민을 떠밀듯 세차게 들이닥쳤다. 무엇을 해야 할지 깨달은 정민은 몸을 일으켰다. 바다를 등지고 발을 떼는 그의 움직임엔 망설임이 없었다. 철썩이는 소리는 영원할 것처럼 거칠었으나, 파도는 절벽에 부서지기 바빴다.

정민은 마침내 바다를 벗어났다.

<끝>

중편들, 한국 공포문학의 밤

사람의 심해

1판 1쇄 찍음 2024년 9월 5일
1판 1쇄 펴냄 2024년 9월 20일

지은이 | 이마음
발행인 | 박근섭
편집인 | 김준혁
펴낸곳 | 황금가지

출판등록 | 2009. 10. 8 (제2009-000273호)
주소 | 06027 서울 강남구 도산대로 1길 62 강남출판문화센터 5층
전화 | **영업부** 515-2000 **편집부** 3446-8774 **팩시밀리** 515-2007
홈페이지 | www.goldenbough.co.kr

도서 파본 등의 이유로 반송이 필요할 경우에는 구매처에서 교환하시고
출판사 교환이 필요할 경우에는 아래 주소로 반송 사유를 적어 도서와 함께 보내주세요.
06027 서울 강남구 도산대로 1길 62 강남출판문화센터 6층 민음인 마케팅부

ⓒ이마음, 2024. Printed in Seoul, Korea
ISBN 979-11-7052-431-1 04810
ISBN 979-11-7052-429-8 04810(세트)

㈜민음인은 민음사 출판 그룹의 자회사입니다.
황금가지는 ㈜민음인의 픽션 전문 출간 브랜드입니다.